竹林的故事

废名 著

图书在版编目（CIP）数据

竹林的故事 / 废名著. -- 济南：泰山出版社，
2024. 7. --（中国近现代名家短篇小说精选）.
ISBN 978-7-5519-0852-8

Ⅰ.I246.7

中国国家版本馆CIP数据核字第2024XD1387号

ZHULIN DE GUSHI

竹林的故事

责任编辑　徐甲第
装帧设计　路渊源

出版发行　泰山出版社
　　　　　社　　址　济南市泺源大街2号　邮编 250014
　　　　　电　　话　综 合 部（0531）82023579　82022566
　　　　　　　　　　出版业务部（0531）82025510　82020455
　　　　　网　　址　www.tscbs.com
　　　　　电子信箱　tscbs@sohu.com
印　　刷　山东通达印刷有限公司
成品尺寸　140 mm×210 mm　32开
印　　张　6.25
字　　数　130千字
版　　次　2024年7月第1版
印　　次　2024年7月第1次印刷
标准书号　ISBN 978-7-5519-0852-8
定　　价　32.00元

凡 例

一、本书收录了作者的经典短篇小说,主要展现了作者的思想情感、审美取向与价值观念,以及当时的时代风貌等。

二、将作品改为简体横排,以适应当代的阅读习惯。原文存在标点不明、段落不分等不便于阅读之处,编者酌情予以调整。

三、作品尽量依照原作,以保持原作风格及其时代韵味,同时根据需要,对原文进行了适当的删减和订正。

四、对有些当时惯用的文字,如"的""地""得""作""做""哪""那""化钱""记帐"等,仍多遵照旧用。

自序

　　我开始做小说，在一九二二年秋天，到现在为止，共十五篇，最初的三篇没有收在这集子里。

　　本来连《讲究的信封》同《少年阮仁的失踪》我也不打算要，今天偶尔一翻阅，却不觉又为自己悲，——相隔不过两年，竟漠然若此！多长几根胡子罢了，凭什么看轻他们？

　　其余十篇，除《病人》是某一时期留下的阴影而外，都可以说是现在的产物，我愿读者从他们当中理出我的哀愁。

　　我在这里祝福周作人先生，我自己的园地，是由周先生的走来。

　　　　　　　一九二五，三，九，冯文炳序于北京。

目 录

讲究的信封 001

柚 子 008

少年阮仁的失踪 022

病 人 031

浣衣母 038

半 年 050

我的邻舍 059

初 恋 077

阿 妹 084

火神庙的和尚 097

鹧　鸪　*110*

竹林的故事　*118*

河上柳　*127*

去乡——S的遗稿　*132*

一封信　*148*

长　日　*160*

我的心　*168*

花　炮　*175*

胡　子　*184*

讲究的信封

　　同学们狂风扫落叶似的四散了，他一个人也只好循着原路朝学校里走。他的体质很弱，来时居然能够随着大家没有休息的跑到，现在几乎走不动了，天气顿时也变坏，没起风，没看见太阳。骡车汽车人力车走来走去，他也听不见他们的声音，只觉得被他们搅起来的灰尘同空气融和成灰白色。街旁人力车夫问他坐不坐车，他低头看看他手里还拿着一枝几乎摔掉了的校旗，便好像有一种迷信似的把头对着车夫连摇。走进一条很深曲的巷子的时候，偶然从那里传来几声小孩子的叫唤，他的疲倦了的知觉，又好像被有丧事的人家的啼哭所惊醒，随即滴下两颗眼泪在干燥而松散的尘土上。

　　走进学校，揭示处贴着很大的通告："请愿的同学都打伤了！"他到他所认识的受伤同学处慰问了一遍，便回到自己的寝室。倒在床上，嘴好像失了作用，耳朵却还听得同住的朋友的谈话：

"H君比时就吐血！"

"F君的右颊伤了指甲深的一个洞！"

"那大约是刺刀钻的，皮带没有那利害！"

"最可恼的是那些警察，把我们赶到西口还要赶！"

"他们的车夫也混着一齐打哩！"

"他们以为我们是他们老爷的仇敌！"

他勉强闭着眼睛，以为睡一觉起来，总可恢复疲劳；听了朋友们的话，越想睡却越睡不着，"车夫"，"警察"这两个声音，好像是一线火焰，把藏在他心的深处的燃料，统行引着了。朋友们的叫骂，本来是对受伤的同学表同情，而且也可以消出自己的忿气；他却因之把受伤的同学完全忘记了，回忆一个警察的面孔；这警察是解开腰上的皮带向着他掷的，他一面跑一面回顾，所以那面孔格外记得清楚。假如他依着刚才走进房门，向他最亲爱的朋友所说的话"我现在觉得我们唯一的使命是抛开书本子去干"！做去，那一定是为了那警察的原故。

他终于睡着了。醒来时已经不是白天，房里没有灯，也没有听见一个人的言动。把灯燃着，桌上放着一封信！大约是号房刚才送进来的。

仲凝：

　　我得着你寒假不回来的消息，很欢喜。父亲时常向我说，"写信叫他回来"，我总是拦阻。父亲的皮袍已经穿了二十几年，现在破得不成样子了；上月寄给你三十元，叫你买一件皮袍穿，——到前几天才告诉我，自己仍穿那旧的。你昨天来信说你的目力赶不上从前，父亲埋怨你用功太过，一面又筹八元寄你买一副眼镜。乡间银价非常高，二百枚铜子还换不了一元。我有时买块豆腐煎煎，端上桌子的时候，父亲且笑且怪："有了腌菜便不该买豆腐。"要你买眼镜，二十千铜子还愁不够哩。你假若回来，往返盘费至少要用三十元，家里无论如何节省，总填不起这个数目。自从我们的女儿死后，每天晚上，母亲总要妹妹同我睡，我倒觉十分不自在，连做梦也担心。但是母亲以为我胆小，一个人睡着害怕，我怎好推辞？

　　　　　　　　　　　　　一，十九，萤。

"怎的这样静寂?"他把信看完了,倾着耳朵细听。一时间,花白头发的双亲,纯和而又聪明的爱妻,都来到这黑夜凄凉城中一间矮小的宿舍除掉灯光没有伴侣的儿子,丈夫的脑里。那差不多四个钟头以前发现的惨剧,几乎同梦一般的隐没了。

最后他从书架上拿一本文学定期出版物,想从上面选一篇小说读读。这册子颇厚,中间约有一分宽的空隙,表明曾经夹过什么纸笺在里面。书刚拿到手上,不知不觉也就从那没有密合的地方折开,他突然被一声霹雳惊着似的,把书摔在桌上,自己坐在椅上!

"这……这信封……"

两月以前,他父亲由家来信,说县署里出了一个一月二十元的差事,补充人须得本邑有声势的人的介绍,嘱他请同乡李先生,众议院议员,写封信给知事。他此时很费踌躇:去?不但理智告诉他这是耻辱,而且他实在感着这是痛苦;不去?六十岁的父亲,难道自己不愿安闲?为的都是……

他记起一个朋友来了,这朋友同他很亲爱,是李先生的亲戚。当天晚上,他到朋友的寓所去,说明他的来意。朋友道:"我代你去找。他的行踪无定,你是不中用的。"接着又说："你不用性急，我即刻就去，明天清早来候信。"他听了朋友的话，自然是欢喜，——却又如何难过。出门时，青天皎月，在他好像许久没有看见似的，一霎间起一种异样的感觉，随即是恐慌："大约会不着！"

次晨他起床特别的早，——也许是通晚没有睡着，很匆忙的跑到朋友那里，从睡梦中把朋友打醒，做出很从容的样子答应朋友"不在家，今晚再去"的话道："费心！不要紧。"

第二次，起床也早，却决定迟一会再去问信；把书案收拾之后，顺手打开一本英文读本，但看来看去，老是一个page，便是这个page，也只晓得一行行刻的是英文字母。走到朋友的寝室门外，简直没有勇气进去，朋友听见脚步声，早知道是他，用很无力的声音叫道："今天怎么来得迟？——昨晚又没有会着！我比你还着急！我写了一张条子在他的案上，请他今晚不要外出。"

第三次到朋友那里去，不待朋友开口，他便抢着说道："又没有会着？我知道！费心！但我已决定，不再……"经朋友再三劝解，他又悔自己的无礼了。

这天是他们旅京同乡聚会的日期。朋友道："今天他一定到会馆,你也牺牲一天光阴去去,我介绍你同他会面。"请柬上约定下午二点钟,他一点钟就去了。他向来不会讲话;赴会的同乡很不少,——李先生没有到——而且多半都相识,他却小孩子会见面生的人似的,人家问他,他不知怎样才好。他一个人在院子里走来走去,心想:"再过几分钟该来?"那位朋友知道他的心事,时常走近他身旁,低声道:"他向来是这种脾气,迟到!来是一定的。"

五点钟过了,同乡们都很高兴的笑着等候晚间的盛馔,——照例聚会后大宴一次,独有他像是外乡客,人人对他讲礼,却没有人同他一块儿站过五分钟。忽然他喊那位朋友到后面没有人的房间里:"我回去,这里开饭还得好久,那件事还是中止。"朋友正在劝他,已经听得前面有人喊:"李先生来了!"他顿时真不知怎么办,好像被人发觉了的偷物贼,而且是第一次发觉的偷物贼,将要去受审判一样。会面了,除了请一声"李先生"之外,他说不出一句话,幸得那位朋友述明他的意思,——偏偏一个个同乡都走进来,打断朋友同李先生的交谈。随后那位朋友极力称赞他的品性,学问;李先生也一面谈一面睄哨他的资度,思忖了一会便截然说道："图章没有带在身边，你回去拟封信稿，并且缮写清楚，明天带到我的寓所盖章。"他不等吃饭，立刻动身回校，走在半路想道："信纸倒有几张夹宣的，还得买几个讲究信封。"于是顺便跑到东安市场，一个个纸店都问尽了，最后以十个铜子在西头一个子上买了四个。剩下的夹在……

十二点钟了。同住的朋友把房门推开，大声喊道：

"你一个人为什么不去？讨论对付众议院的方法！"

他没有话回答朋友，仍是呆呆的坐在那里，不觉额上流出冷汗。

一九二三，一，二十七，脱稿。

柚　子

　　柚子是我姨妈，也就是我妻姑妈的女儿。妻比柚子大两岁，我比妻小一岁；我用不着喊妻作姐姐，柚子却一定要称我作哥哥。近两年我同妻接触的机会自然比较多；当我们大约十岁以内的时候，我同柚子倒很亲密的过了小孩子的生活，妻则因为外祖母的媒介，在襁褓中便替我们把婚约定了，我和她的中间，好像有什么东西隔住，从没畅畅快快的玩耍过，虽然我背地里很爱她。

　　妻的家几乎也就是我同柚子的家。因为我同柚子住在城里，邻近的孩子从小便被他们的父亲迫着做那提篮子卖糖果的生意，我们彼此对于这没有伴侣的单调生活，都感不着兴趣；出城不过三里，有一座热闹村庄，妻的家便在那里。何况我的外祖母离了我们也吃饭不下哩。

　　我同别的孩子一样，每年到了腊月后十天，总是屈着指头数日子；不同的地方是，我更大的欢喜还在那最热闹的晚上以后，——父亲再不能说，外祖母年忙不准去吵闹了。我穿着簇新的衣服，大踏步跑去拜年，柚子早站在门口，大笑大嚷的接着，——她照例连过年也不回去，这也就是她比我乖巧的好处。（现在想起来，也许是我的家运胜过她的的原故。）大孩子们赌纸牌或骨牌，我同柚子以及别的年纪相仿的小孩——我的妻除外——都团在门口地下的青石上播窟眼钱，谁播得汉字那一面，谁就算输。在这伙伴当中，要以我为最大量。外祖母给我同柚子一样的数目，柚子掌里似乎比原来增加了，我却几乎耍得一文也没有。柚子忽然停住了，很窘急的望着我，我也不睬她，仍然带着威吓的势子同其余的孩子耍。剩下的只有两只空掌了，求借于一个平素最相信我的朋友。柚子这才禁不住现出不得了的神气喊道："焱哥，不要再耍罢！"我很气忿的答她："谁向你借不成！"

　　许多糖果当中，我最爱的是饧糖。每逢年底，外祖母把自己家的糯谷向糖店里去换，并且嘱咐做糖的师父搓成指甲大的颗粒；拿回家来，盛在小小的釉罐里，作我正月的杂粮。柚子本不像我贪吃，为我预备着的东西,却也一定为她预备一份。外祖母当着我们面前点罐子,而且反复说道,反正只有这么多,谁先吃完了谁就看着别人吃。我心里也很懂得这话里的意义,我的手却由不得我,时刻伸到罐子里拿几颗。吃得最利害,要算清早打开眼睛睡在床上的时候,——这罐子本就放在床头。后来我知道我的罐子快完了,白天里便偷柚子名下的。柚子也很明白我的把戏,但她并不作声。末了仍然是我的先完,硬闹着把柚子剩下的拿出来再分。

外祖母的村庄,后面被一条小河抱住,河东约半里,横着起伏不定的山坡。清明时节,满山杜鹃,从河坝上望去,疑心是唱神戏的台蓬——青松上扎着鲜红的纸彩。这是我们男孩子唯一的游戏,也是我成年对于柚子唯一的贡献。放牛的小孩,要我同他们上山去放牛;他们把系在牛鼻上的绳索沿着牛头缠住,让它们在山底下吃草,我们走上山顶折杜鹃。我捏着花回去,望见柚子在门口,便笑嘻嘻的扬起手来;柚子趁这机会也就嘲弄我几句:"焱哥替芹姐折花回来了!"其实我折花的时候,并不想到柚子之外还有被柚子称作"芹姐"的我的妻。柚子接着花,坐在门槛上唱起歌来了。

"杜鹃花,

柚 子

朵朵红,
爹娘比我一条龙。
哥莫怨,
嫂莫嫌,
用心养我四五年;
好田地我不要……
…………"

"柚子只要好妆奁!"我得意极了,报复柚子刚才的嘲弄。

抱村的小河,下流通到县境内仅有的湖泽;滨湖的居民,逢着冬季水浅的时候,把长在湖底的水草,用竹篙子卷起,堆在陆地上面,等待次年三四月间,用木筏运载上来,卖给上乡人做肥料。外祖母的田庄颇多,隔年便托人把湖草定着。我同柚子毕竟是街上的孩子,见了载草的筏,比什么玩意儿都欢喜,要是那天中午到筏,那天早饭便没有心去吃。我比柚子固然更性急,然而这回是不能不候她的,有时候得冒火,帮着她拿剪刀同线,免不了把她芹姐的也误带了去。白皑皑的沙滩上,点缀着一堆堆的绿草;大人们赤着脚从木筏上跨上跨下;四五个婀娜的小孩,小狗似的湾着身子四散堆旁；拣粪的大孩子，手里拿着铁铲，也偷个空儿伴在一块。这小孩中的主人，要算我同柚子了，其余都是我两人要来的。这湖草同麻一般长，好像扯细了的棕榈树的叶子，我们拾了起来，系在线上，更用剪刀修成唱戏的胡子。这工作只有柚子做得顶好，做给我的好像更比别人的不同，套数也更多哩。

我小时欢喜吃菜心，——现在也还是这样，据说家里每逢吃菜心的时候，母亲总是念我。四月间园里长一种春菜，茎短而粗，把它割下来，剥去外层的皮，剩下嫩的部分，我们吃菜心；烹调的方法，最好和着豆粑一齐煮。这固然也是蔬菜，却不定人人可以吃得着；外祖母园里采回的，可说是我一人独享的了，柚子名义上虽也同坐一席。外祖母欢喜上园割菜，太阳落山的时候，总是牵我同柚子一路去。说是割春菜，不但我喜得做猪叫，在外祖母也确是一年中最得意的收获；柚子呢，口里虽然说，"你有好的吃了，"仿佛是妒我，看她遇见一棵肥硕的，却又大大的喊起"焱哥！焱哥！"来了。

夏天的晚上，大家端竹榻坐在门口乘凉；倘若有月亮，孩子们便都跑到村东的稻场，——不知不觉也就分起男女的界限来了。女的在场的一角平排坐着，一会儿唱月亮歌，一会儿做望月亮的游戏：从伙伴中挑两个出来，一个站开几步，抬头望月亮，一个拿块瓦片，挨次触着坐着的手，再由那望月亮的猜那瓦片到底是谁捏着，猜着了，归被猜的人出来望，否则仍然是她望。我们男孩站在场中间，最热闹的自然是我，我最欢喜的是同他们比力气，结果却总是我睡在地下。我愤极了，听得那边低语："看你的焱哥！"接着是柚子的声音："衣服弄坏了！衣服弄坏了！"

我们一年长大一年了。父亲再也不准我过这没有管束的生活了。我自己也好像渐渐懂得了什么，以前不同妻一路玩耍，不过莫明其妙的怕别人笑话，后来两人住在一家也觉着许多不方便。那年三月，外祖母引我同柚子进城，经过我的族人门口，屋子里走出来一位婶娘，请外祖母进去坐坐，并且指着柚子道："这是奶奶的孙女儿，我们家的媳妇？"柚子的脸色，比时红得像桃子一样，我也笑着不大过意。同年六月，我进县里的小学，柚子听说仍然依着外祖母的日子多。在这几年的当中，我也时常记起外祖母的村庄，但是，家里的大人都说光阴要爱惜，不准我自由走亲戚；外祖母间几天进城一趟，又找不着别的藉口。有一回因事到姨妈家去，柚子适逢在家，害了几个月的病，起不下床来，我只得在姨妈面前问一声好。后来我同哥哥到省城，在家的机会更少，我的记忆里的柚子也渐渐忘却了。外祖母也在这期间永远同我们分手了，——父亲怕我们在外伤心，事后三四个月才给我们知道。姨妈的家况，不时由家信里带叙一点，却总不外乎叹息。

据说外祖母替姨妈定婚的时候，两头家势都很相衬。姨妈的公公，为人忠厚，又没有一定的职业，不上几年工夫，家产渐渐卖完了。姨妈初去，住着的一所高大房子，却还属自己，——后来也典给别人。外祖母家这时正兴旺，自然不忍心叫姨妈受苦，商量姨妈的公公，请他把姨父分开，欠人的债项，姨父名下也承受一份。从此姨父姨妈两人，由乡村搬到县城，凭了外祖母的资本，开一所染店。我在十二岁以前，完全不知道这些底细，因为住在街上开店，本不能令人想到境遇的不好，而且姨妈铺面很光敞，柚子与两位表兄所穿带的，同我们弟兄又没有什么分别，在外祖母家也是一样的欢喜不过：当时稍为有点想不通的，母亲总是嘱咐我不要在姨妈家里吃饭罢了。姨父晚年多病，店务由姨妈同两表兄主持。两表兄丝毫不染点城市的习气，不过早年来往外祖母家，没有尝过穷人的日子，而且同我一样，以为理想容易成为事实，成日同姨妈计画，只要怎样怎样，便可怎样怎样；因了舅爷的面子，借得很多的资本，于旧店以外，新开几个分店。悲剧也就从此开始了。

那年夏天我由省城学校毕业回家，见了母亲，把以前欠给外祖母的眼泪，统行哭出来了。母亲故作宽解——却也是实情："外祖母活在，更难堪哩！姨妈这样不幸！"母亲说，两表兄新开各店，生意都没有起色，每年欠人的债息，无力偿还；姨父同两表兄本地不能站脚，跑到外县替人当伙计；柚子呢，她伴着姨妈住在原来店屋里，这店屋是早年租了人家的，屋主而且也就是债主，已经在知事衙门提起诉讼。母亲又极力称赞柚子的驯良，"没有她，这世上恐怕寻不出姨妈哩。"这些话对于我都很奇怪；记起柚子，很想会她一面，却也只想会一面，不再有别的感触。

到家第三天下午，告诉母亲，去看看姨妈；母亲说，不能走前街，因为前门是关着的，须得湾着走后门进去。我记得进后门须经过一大空坦，坦中间有一座坟，这坟便是那屋主家的，饰着很大的半圆形的石碑，姨妈往常总是坐在碑旁阳光射不到的地方，看守晒在坦上各种染就的布。我走到离空坦还有十几步远的塘岸，首先望见的是那碑，再是半开着的木板门，同屋顶上一行行好像被猫踏乱的瓦。忽然间几只泅水的鸭扑的作响，这才看出一个蓝布包着头的女人挂着吊桶在那里兜水，这女人有点像我的姨妈，——她停住了！"不是我的焱儿吗？""呵，姨妈！"不是我记忆里的姨妈了！颧骨突起，令人疑心是个骷髅。姨妈引我进门，院子里从前用竹竿围着的猪窠，满堆些杂乱的稻草，竿子却还剩下几根；从前放在染房的踩石，也横倒在地上，上面尽粘些污泥。踩石的形状，同旧式银子相仿，用来展压头号的布的，也是我小孩时最感着趣味的宝贝之一：把卷在圆柱形的木头上的布，放在一块平滑的青石当中，踩布的师父，两手支着木梁，两脚踏着踩石尖出的两端，左右摇动。我记得当时看这玩意儿，那师父总装着恐吓的势子，对我说"跌下来了"的话。姨妈的口气，与平时完全两样，一面走一面说着，"只有望我的儿发达！"要在平时，虽然也欢喜称奖我们弟兄上进，言外却总带点发财也不差比做官的意思。我慢慢的开着步子，怕姨妈手里提着东西走不得快，而且也伺望屋子里有没有人出来。屋子里非常静寂，暗黑，只有挨近院子的那一间可

柚 子

以大概望得清白。进了这间,姨妈便把吊桶放下了。这在从前是堆积零细家具的地方;现在有一张木床,床上只缺少了帐子;一张小桌子,上面放着梳头用的木盒;另外是炉子,水缸,同一堆木柴。我心里有点恍惚不定。姨妈似笑似惭,终于哭起来了。我也哭起来了,但又被什么惊醒似的:

"柚……柚子妹妹呢?"

"她……她到……东头……邻舍家里去了。"

我不能够多问。太阳落山的时候,仍然只有我的姨妈从后门口送我出来,不由我回想当年同我父亲对席吃饭的姨父,同我母亲一样被人欢接的姑〔姨〕妈,同我们一样在外祖母面前被人夸好的两位表兄,以及同我在一个小天地里哭着,笑着,争闹着的柚子妹妹。见了那饰着圆碑的坟,而且知道我的外祖母已经也是死了。临了仍然落到柚子,在我脑里还是那羞红了脸的柚子的身上。

那年秋天,我结婚了。我自己姑妈的几位姐儿都来我家,彼此谈笑,高兴得非常,——我的脑里却好像有一点怆恨的影子,不过模糊得几乎看不出罢了。

这是八月十二那一天,外祖母移葬于离家十里远的地方,我同我的母亲,舅爷,以及舅爷的几位哥儿一路送葬。母亲哭个不休,大半是伤心姨妈的境遇。我看着母亲哭,心里自然是不好过,却又有自己的一桩幻想:"倘若目及我同芹……欢送孙女儿呢?还是欢迎外孙媳?"晚上我同妻谈及此事,其时半轮月亮,挂在深蓝空中,我苦央着妻打开窗子,起初她还以我不能耐风为辞。我忽然问她,"小孩时为什么那样躲避?倘若同柚子一样,一块儿……"

"柚子…………"

我无意间提起柚子,妻也没气力似的称她一声,接着两人没有言语,好像一对寒蝉。柚子呵!你惊破我们的好梦了。

"现在是不是同姨妈住在一块呢?"我突然问。

"我们婚期前一月,我父亲接她到我家,现在又回那屋里去了。"

"为什么不来我家呢?母亲也曾打发人去接她。"

"她也向我谈过,这里的女伴儿多,没有合身的衣服。"

"我十多年没有会着她哩。"

"做孩子的时候太亲密很了。"

"六月间我曾到她屋里去过,她却不在家。"

柚 子

"她在东头孙家的日子多,——帮他们缝补衣服。姨妈的粮食,多半还由她赚回哩。"

"她两位嫂嫂呢?"

"各自回娘家去了。柚子同我谈及她们,总是摇头,成日里怨天恨地,还得她来解劝。"

我渐渐感着寒意了。推开帐子,由天井射进来的月光,已经移上靠窗的桌子。妻起来把窗关着,随又告诉我,姨妈有意送柚子到婆家去,但公姑先后死了,丈夫在人家店里,刚刚做满了三年学徒,去了也是没有依恃的。

"现在是怎样一个柚子呢?"我背地里时刻这样想。每逢兴高彩烈的同妻话旧,结果总是我不作声,她也只有叹气。我有时拿一本书倒在床上,忽然又摔在一边,张开眼睛望着帐顶;妻这时坐在床前面的椅子上,不时把眼睛离开手里缝着的东西,向我一瞥,后来乘机问道:

"有什么使你烦恼的事呢?请告诉我,不然我也烦恼。"

"我——我想于柚子未到婆家以前,看一看她的丈夫。"

去年寒假,我由北京回家,姨妈的讼事,仍然没有了结,而且姨父已经拘在监狱里了。我想,再是忍无可忍的了,跑到与那屋主很是要好的一位绅士处,请他设法转圜。结果因姨父被拘的原故,债权取消,另外给四十千出屋的费用。这宗款项,姨妈并不顾忌两位嫂嫂,留十五千将来替柚子购办被帐,其余的偿还米店的陈欠,取回当店里的几件棉衣,剩下只有可以籴得五斗米的数目了。

出屋那一天,是一年最末的第二天,我的母亲托我的一位邻人去探看情形,因为习惯的势力,我们亲戚家是不能随意去的。下午,那邻人把姨妈同柚子带到我家来了!这柚子完全不是我记忆里的柚子了,却也不现得如妻所说那样为难人家的女儿;身材很高,颜面也很丰满,见了我,依然带着笑容叫一声"焱哥"。我几乎忘却柚子是为什么到我家来,也不知道到堂屋里去慰问含泪的姨妈;心里好像有所思,口里好像有所讲,却又没有思的,没有讲的。柚子并不同我多讲话,也不同家里任何人多讲话,跟着她的芹姐笔直到房里去。后来母亲向我说,母子两人预备明天回原来乡间的旧居——不是曾经典给人家的那所高大房子,是向一位族人暂借的一间房子,今天快黑了,只得来我家寄宿一夜。

天对于我的姨妈真是残酷极了,我还睡在床上,忽然下起大雨来了！我想，姨妈无论如何不能在我家勾留，因为明夜就是除夕；柚子总一定可以，因为她还是女孩子，孩子得在亲戚家过年，她从前在外祖母家便是好例。但是，起来，看见柚子问妻借钉鞋！我不禁大声诧异："柚子也回去吗？千万行不得！"妻很窘的向我说，姨妈非要柚子同去不可，来年今日，也许在婆家。我又有什么勇气反抗妻的话呢？

吃过早饭，我眼看着十年久别，一夕重逢的柚子妹妹，跟着她的骷髅似的母亲，在泥泞街上并不回顾我的母亲的泣别，渐渐走不见了。

一九二三，四，二十二，脱稿。

少年阮仁的失踪

　　今天上午邮差送来一封信，我看完不觉失惊，——我的朋友阮仁逃走了。我且把他的信发表出来。

蕴是附记。

　　蕴是！我要永远离开你及其他的一切朋友。就是我平素最思慕的家庭，也打算不给他们再见一面。若干年之后，我的父和母已经睡在山谷当中，我的悲伤而憔悴的妻却还活在，而我依然是流离转徙，没有饿死冻死，也许重回故乡，到父母墓前痛哭一番，再同我的妻商量一个最自然最合理的活在这世间的方法。然而这是后话，谁能保证我明天不倒在荒野地上给蛇蚁吃一顿大饱？现在所能够决定的，依着自己的兴趣，除开故乡同北京，想到什么地方就到什么地方罢了。我随身携带的，有个小小的提包，内盛一件夹袄，五件单衣，前些时由家里寄来的六十块洋钱，偿还京寓积欠外，也都放在里面。这钱是预备火车上用的：我很厌恶北方的气候，打算朝南边走；很害怕查票员的凶面孔，首先要购就车票。

你知我最深，爱我最切，我即不以我的去志劝你，却不能不以我的去意告你。

我虽然不是资本家的儿子，只要安分守己住在家里，吃饭穿衣是用不着愁的。我的父母对于我也没有几大的责望，我的身体强壮，便是他们的幸福。然而家庭终不能系住我，苦央着父亲的允许，跑到北京——北京有大学，大学才是适合于我的地方。我生在世间刚满一年的时候，我的父亲很热闹的替我做寿：一张圆桌子放在堂屋当中，满排着世界上各种各色的物件，有糖饼，有布老虎，有写字的笔，还有小鸭似的坚白玩意儿大人称作银子；我在母亲的怀抱里，伸着小手，摸了这又摸那。我大约四五岁的时候，看见门口树上的鸦鹊，便也想做个鸦鹊，要飞就飞，能够飞几高就飞几高；除掉生下了鹊儿，便是自己肚子饿了，也要替他们觅捕食物，没有谁能够迫着我做别人吩咐的工作；除掉飞来飞去，飞的疲倦了，或是高兴起来了，要站在树枝上歌唱，没有谁能够迫着我叠下翅膀等候别人。我将是大学里的一员的时候，我的十年来忘掉了的稚梦，统行回复起来了。我的十年来被恶浊空气裹得几乎要闷死的心，重行跳跃起来了。我记得由家动身那一天，向着我的母亲道："再不用罩着儿瘦弱，来年归家，母亲要疑心是墙上挂的安琪儿哩！"唉！梦！梦！同一切的梦一样，张开眼睛什么也没有了。在那里仍然只有痴呆的笑，仍然只有令人看着发抖的脸。我所喜欢的渴望的，一点也不给我，给我的仍然只是些没有人味的怪物。起初我会着每一个朋友，以为他也同我一样受苦，告诉他我是怎样的难过，——他们完全不懂得我的意思，用了漠不相关的神气，作了漠不相关的回答，甚至于站在旁边冷笑我癫狂。你总算能安慰我了。但是你前天的一番话，使我通晚没有睡着，我想来想去，总想不通。我说："这里为什么也让法律先生鬼混？"你说："这也是团体；凡属团体都该有法律。"世界上永没有离开法律的团体吗？倘若有，起首的该是谁呢？你说："天才总该屈就，因为天才毕竟是少数。"为什么因为少数便该屈就呢？不怜惜成天喊叫的叫化子，说是操心酒醉饭饱的相公的原故，你们谁不相信他是欺骗呢？你们谁不踏死成千整万的臭虫，怕咬伤了你们的肌肤呢？你将责备："你的话未免太残酷了。"这我却没有闲暇分辨，我的话都是从我的心里滚出来的，心里这样想，叫口里不这样说，在我是万万做不到；我自己没有觉到残酷以前，任你怎样说，我总没有法子改变，然而我可以回覆你，残酷也只是我自己受着，对于别人是没有关系的。法律先生不仍就板起面孔站在那儿吗？你们多数不仍就跳出跳进摇得胜旗吗？我呢，火烧在我的心里罢了。我想，倘若有人，就是一个也好，同我一样心里被火烧着，我将拥抱着他，也不讲话，也不流泪，只把我俩的心紧紧贴着，——我们彼此都是热的，感不着烫。这便是我逃走的萌芽了。最后的决定，却在昨天。昨天上午，我下课回来，在那转湾地方茶馆门口站着一个乞丐，头发蓬得像一球猪毛，穿的是一件破烂的蓝单褂，两条腿赤光光的现露出来。他站了一会没有人招呼，门角悬挂的雀笼里一只画眉鸟却唧唧的闹了起来；他把头摇了几摇，随即笑着大踏步走了，嘴里还不住的唱着歌调。我不大听得懂他的声音，好像是说："我到茶馆，你到饭馆；我翘尾巴，你翘下巴。"我看得出神，满肚子的闷气被幽幽一阵风吹跑了。

"没有饭吃，算得什么？我那天不是三餐大饱，可是几时唱得他那一曲歌词呢？"我这样想着，好像有了解决的方法了，——到了晚上，才算真真决定。回寓后，心里着实徘徊，刚灭了这个念头，忽然又起了那个。吃过晚饭，打算一个人到什刹海散步，杨柳树底下也许可以润泽我枯焦的心，树枝上也许有一个雀子告诉我个主意。走到景山旁边，在我前面有一个哭哭啼啼的小孩，他的青布短夹袄，一边盖着右臂，那一边从左腋缴到前腰，我顿时又像久热后下了一阵大雨，不知不觉轻爽好些。他忽然被院墙里几乎要倒坍的亭子上面站着的几只黑老鸹哇哇的叫住了，抬头望着他们。我赶上他时，丰满的两颊，还吊着几滴泪珠，但没有作声，瞧一瞧我，又嗡嗡的干哭起来了。路旁走着一个中年妇人，穿的衣服很不整齐，她把孩子扯住，孩子很惊异的望着她，越发哭起来了：她带着"这可为难"的神气，讲了几句我不懂的话，孩子并不理会，仍然走他的路，她又跟在后面望着他走。我站住了，不再到什刹海去！我的勇气增加了十倍，我的解决方法因之也就确定了！我记得我小的时候，我的村庄东头露天睡着一个乞丐，他又聋又哑，年纪倒很青，我的祖母把他招进家来，叫他就在我家放牛，现在我的祖母死了，他还在我的姑妈家里当长工。

我相信我的解决方法最妥当，最安全，至少也能够使我的心里舒服。我相信，我饿了，一定可以想出法子有饭吃；我冻了，一定可以想出法子有衣穿，——倒底采用那一种方法，却要到饿了冻了的时候再定。我将上我从来没有上过的高山，临我从来没有临过的流水。我将遇见种种形状的小孩，他们能够给我许多欢喜；我将遇见种种形状的妇女，尤其是乡村的妇女，我平素暴燥的时候见了她们便平释，骄傲的时候见了她们便和易。我将遇见种种悲哀的情境，这时我就哭；我将遇见种种幸福的情境，这时我就笑。夏天来了，我将睡在路旁大树荫下，让凉风吹过，我在乡里看见挑柴的农夫这样做的时候，我总是羡慕。冬天来了，我将跑到太阳底下跳来跳去，我小的时候常是这样温暖我冰冻的小手，万一这都失败了，我死了，我也决不后悔，因为这死是由我自己的意志寻得的，在我有同样的价值。我为什么还同你们一样，莫明其妙的听课堂的钟声一次一次的响下去呢？但你不要误会，我并不迁怒那敲钟的老头子，我很羡慕他，因为敲钟就是他的生活，在他是很自然很合理的生活。我可怜的是你们，你们这些用了自己的耳朵听那与自己不相干的话，自己的眼睛看那与自己不相干的事，钟一次一次响着，生活的簿子上便一次一次的替你们刻着"死"的痕迹的大多数呵！我不再往下说了。但有一桩使我难过，记起我向我的母亲讲过"来年归家，母亲要疑心是墙上挂的安琪儿"的话了。我且把我的两封家信钞在后面，因为你平素实爱我的一笔一画。

一

我的妻！我过不惯这里的生活，比过不惯乡里的生活更利害。你将欢喜："既是这样，何不早日归来？"不，我决不归来。我害怕你们，你们天天愁我瘦弱。我没有得着最自然最合理的活在这世间的方法，怎肥胖得起来？住在家里，叫我到什么地方去找最自然最合理的活在这世间的方法？山上去斫柴吗？田里去拉犁吗？倘若只有我们两人，事情自然容易。疲倦了，亲一亲吻，立刻可以恢复转来；生病了，互相呻吟一声，什么苦痛也可以忘掉；瓮的米完了，箱子的衣服烂了，便是我的气力，羼杂了你的笑声，也不怕做不出来。正如平素所说，甜的固然真是甜，苦的又何尝不是甜。但是这样两亲俱在，怎么办呢？他们允许我俩单独去吗？我们撇开他俩单独去吗？我怕听他们的呻吟，我怕见他们的疲倦了的眼睛！所以我只有一个方法——自己逃走。你问我逃到什么地方吗？这我可不能告诉你，就是我自己现在也不知道。去年我归家时，你不是时常埋怨，"住在一块又相闹，不住在一块又相念"吗？我愿你体会你的名言，我也体会你的名言，而且转送你两句："笑也罢，哭也罢，只要你我心未死。"你不要悲伤，我的爹娘靠你侍候。

二

我的爹娘！儿不能再见爹娘了。儿要到各地方去走一遭，只不到爹娘所在的地方。住京以来没有一天快乐。起初还打算就是这样混下去，仔细一想，觉得这太不稳妥：越住越骄傲，越骄傲越憔悴；越读书越与世人不相容，越与世人不相容越没有饭吃；将来家里的产业因了儿的学费卖完了，岂不眼看着爹娘受饿？所以儿只有采用这个方法——儿个人逃走。爹娘将埋怨，回来岂不是好？儿的回答是，不敢回去。儿不是怕爹娘打骂，儿料想爹娘决不打骂，但儿不敢回去。儿不是曾经害过大病，几乎保不了性命吗？望爹娘当儿那次大病死了，不必悲伤。儿也知道这是不中用的劝解，但儿想不出别的话来。

　　蕴是！我已经走了。

　　　　　　　　　　阮仁，一九二三，五，十。

病　人

　　下课之后,我回到宿舍,见了他的铺位搬得精光,知道他拒绝我的送车了。

　　我同他在这间屋子里住了将近一年,讲话却在一个月以前,他从医院归来,我才向他开始。他说,医生说,虽然吐血,并非痨病。然而他渐渐黄瘦下去了。

　　朋友们当作问好很郑重的问他:"这不是玩的!"他好像优游不过,答着:"不要紧。"然而他的眼睛张大而发亮,每每于朋友走开之后,抬头觑着挂在墙上的镜子。我微笑而低声的告他,"今天好得多",他的答语却是"未见得",便是正在那里收拾药瓶或写家信,也即刻停止,掉转身来,现出"这可当真"的神气。

　　当着同住的朋友,他总是说着不久就归家的话。公用的痰盂,在去年初进来,我们彼此连名姓都不知道的时候,便已决议:放在适中地方,不得距离谁更近或更

竹林的故事

远。现在当然谁也不便推翻,他却暗地嘱咐听差,稍为偏近他那一方。每逢清早听差拿出去泼到,在他似乎索性自己做了主爽快,然而他又没有这样宣言,有事喊叫的时候,较别位先生和气而吞缩一点罢了。

没有自己顶要好的朋友住在里面作介绍,想插足于宿舍,颇不是一件容易事。他还只是说着"回去",同住的一位便当着我们申明,"我已有一个朋友填缺",随即把那朋友带进来同我们结识,——首先当然要结识他。他同结识一切朋友一样,满脸陪笑,眼睛呢,衬着苍黄的面色,更大而亮。轮到结识我的时候,我说:"你权且不必忙,他是病人。行止不能像我们斩截,而且他的家很远,还得觅伴。"这朋友比时也连声称是,随后间几天进来一趟,我很窘,他——病人,仍然总是陪笑。

他决定走的日期了,伴却没有觅着。动身前一晚,候补人这才很安心的走进来打量怎样布置。忽然正在高声嚷着英文读本的声音停住了,走出一位平素最热心于赶机会的英雄,好像不如此不足以表明懊丧与满足的真情,提议明天到市场去买点心,合欢送欢迎而为一会。被迎者极力称谢不敢;他,被送者,没有听见发言,其时我倒在床上,然而我的脑里已经绘出他的图形来了。

果真如他向我所说，记着家里母亲的罣心呢，还是另有不得不回去的原因？在我颇是一个疑问。那天早晨，我帮着他收拾东西，他再三催我上课。他很讲究整洁，吃药罢，也要用精致的杯碟，药瓶排在书架上，很像是医院里陈列的卖品。我却最是疏简，看他把衣服分作寒暑，很平展的垒在箱里，完全没有我动手的必要，所以名义上是帮助，其实是搅扰。然而他好像很乐意我的搅扰。检到皮袍，他忽然住手了，很踌躇似的用了仅能听见的声音："没有晒。""既然预备回去，为什么不晒？"我突然很粗重的这样说，把刚才小心侍候的私心，统行忘却了。随又笑道："不妨，留着将来放在我的箱里。"从书夹中偶然翻出一张相片的时候，我又很卤莽的喊起来了："好胖！"他也摔开衣服，仔细看了一看："送你罢，还是去年的。"

我极力劝他不要多带行李。他并不明言反对，只是低着头把预备带走的柳条箱同网篮装得满满。我气愤而且埋怨："你不知道！你是病人！"马上又责备自己的唐突了。他好像也有点奇怪："以前连话也不多讲的人……"从休息的时候偶然用询问的眼光向我一瞥，可以认识得出来。最后我告诉他，下午有两点钟功课，待我回来，一路到车站。他很冷淡的说着"不必"，我只当是照例的推辞，吃过午饭，同别的朋友一路上课堂。

为什么拒绝我呢？难道不愿吃他们的点心，拒绝我因而好拒绝他们吗？我不知道他们买与不买，买回了，也还有被款待的人在；只是我，见了这搬得精光的铺位，同剩下的几个空药瓶，禁不住怅惘。

我也原是病人呵。没有谁的病比我更久，没有谁尝病的味比我更深：有时如和风拂枯草，便是现在病了，也决不抱怨病不速愈；有时如疾雨打孤鸿，现在本无病，想起来也惟恐病之将至。

我的病状很罕见。起初于颈之右侧突然肿起如栗子那样大小，经过半年，几乎一年，由硬而软，终于破皮而流浓；接着左侧也一样肿起，一样由硬而软而流浓，然而右侧并不因先起而先愈；颈部如此，两腋又继续如此。其时我住在离家千里的地方，以学校功课繁重为辞，放假也不回去。我完全没有想到去医院就诊的事，大约是眼见着患别的疮疤的两个同学都被医院割伤了，因而推测那也是不中用。同学们每以"死"来警告，——不是这样干脆的拿出来罢了，然而我丝毫不感着死的可怕，听了他们的恐怖而迟疑的声调，而且觉得死一定很好，不过人终不能有意去死，病又不能即刻致死。还有几个欢喜说笑的朋友，也一样向我说"死"，词气更为肯定而有趣，令我不得不比他们自己更觉得当笑。其实我危险的实在程度，还远过于他们的猜想，因为我从不告诉他们我的病状。有一位最使我胆怯，便是那与我住在一室的，尝是善意的向我说着这里空气不好，不如自己到校外租一间为合卫生的话。我自然是感谢，然而我又想到这话的反面：住在这里，妨害公共的卫生。我于应付朋友以外，还有一件从没间断的工作：提水洗衬衣。起初原以较普通加倍的价钱托洗衣店去洗，浓绿的痕点，却不因多钱而去净；每逢送来，又免不了连声称谢，在人虽然未见得是必要，在我却觉着非如此不可。有时疲倦难以行走，衬衣仍然不能不洗，——留到明天便有两件。这时候流出的眼泪，真算是不少了，无意间叫出："倘若在家，不由得母亲不洗！"

不知是不幸的消息传到了，还是同平常一样怀念着健壮的儿子，我的父亲来信催促我回家了。我也本不能再坚持下去。这时是六月天气，我随身携带的，一个网篮，一捆被褥。走到轮船码头，喊挑夫代我挑去，——喊一人围拢来四五人，我一面照顾东西，一面同他们争价目。他们大约看出了我的弱点，格外抬高；我自己也有点不可解，仿佛对着他们是不能讲实话的，心里本打算给那些，口里却说出比那些少。他们挤得我像一个囚犯，加之夏布长衫的摩擦，身子简直是被炙铁炙了的。我哭了。他们，挑夫，笑了。我站在跳板，向前更走三步，便是长江。我顿时得到一条脱路了！这路本坦平，只要更坚决一点，弹指间便可以跳出这无情的节节逼人的四围，而消融于没有边际，分不出甜苦，好像慈母的拥抱的当中。呵，慈母！我的慈母在那方！我的眼光顿时又由水面转到天涯了。我要在我的母亲的面前而死，热的眼泪可以滴在冷的皮肉上。我要为我的母亲而延长我的生命。我要免避我的母亲因失去了儿子而发狂，不得不继续生存。

到家前一日，已经走进了故乡的地界，虽然也还在苦痛中挣扎，我的心却不像以前脆弱。那天下午，住在一个相识的饭店里，见面的时候，店主人很惊讶的问我："先生，消瘦多了！"我比时不想到怎样回答这主人，只想到明天怎样初见我的母亲。我极力隐藏我的病状，但同一切的秘密一样愈隐藏而愈易发觉。

"先生不是生瘰疬罢？"

"寻常的疮疤。"我带着不耐烦的神气答着。

"倘若是瘰疬，我们这里有一位外科圣手。"

我好像小孩子看见母亲快来了，于人便是有失礼的地方，也不怕受欺诳，并不理会这番好意；又好像这是故意咒诅我，急于拿别的话支梧过去。我的身子不比受病以来任何时舒服，我的心却比受病以来任何时充实了。

我用尽我的气力倒在我母亲的怀里，当母亲含泪埋怨，为什么至今才归，为什么不早日给家里知道。母亲解开我的衬衣，我也数给母亲，这是先起，那是后发。我从此知道我的患处实在疼痛，我的心极力想陈述我是怎样的疼痛，我的眼泪也只用来压过一日中最难抵抗的疼痛，而我在我的家庭，俨然是一个专制君王，哥哥让我，兄弟妹妹怕我，猫不好打猫，狗不好打狗，便是我性如烈火的父亲，见了我也低声下气。

他现在回去了。回去就可以见母亲，那是一定的。然而沿路下车，上船，住客栈，也是一定的。

一九二三，七，十八，脱稿。

浣衣母

自从李妈的离奇消息传出之后，这条街上，每到散在门口空坦的鸡都回进厨房的一角漆黑的窠里，年老的婆子们，按着平素的交情，自然的聚成许多小堆；诧异，叹惜而又有点愉快的摆着头："从那里说起！"孩子们也一伙伙围在墙角做他们的游戏；厌倦了或是同伴失和了，跑去抓住妈妈的衣裙，无意的得到妈妈眼睛的横视；倘若还不知退避，头上便是一凿。远远听得嚷起"爸爸"来了，妈妈的聚会不知不觉也就拆散，各瞄着大早出门，现在又拖着鞋子慢步走近家来的老板；骂声孩子不该这样纠累了爸爸，随即从屋子里端出一木盆水，给爸爸洗脚。

倘若出自任何人之口，谁也会骂："仔细！阎王钩舌头！"但是，王妈，从来不轻于讲话，同李妈又是那样亲密。倘若落在任何人身上，谈笑几句也就罢了，反正是少有守到终头的；但是，李妈受尽了全城的尊敬，年纪又是这么高。

李妈今年五十岁。除掉祖父们常说李妈曾经住过高大的瓦屋，大家所知道的，是李妈的茅房；这茅房连筑在沙滩上一个土坡，背后是城墙，左是沙滩，右是通到城门的一条大路，前面流着包围县城的小河，河的两岸连着一座石桥。

李妈的李爷，也只有祖父们知道，是一个酒鬼；当李妈还年青，家运刚转到蹇滞的时候，确乎到什么地方做鬼去了，留给李妈的：两个哥儿，一个驼背姑娘，另外便是这间茅房。

李妈利用这天然形势，包洗城里几家太太的衣服。孩子都还小，自己生来又是小姐般的斯文，吃不上三碗就饱了；太太们也不像打发别的粗糙的婆子，逢着送来衣服的时候，总是很客气的留着，非待用过饭，不让回去：所以李妈并没实在感到穷的苦处。朝前望，又满布着欢喜：将来儿子成立……

李妈的异乎同行当的婆子，从她的纸扎的玩具似的一对脚，也可以看得出来，——她的不适宜于这行当的地方，也就在这一点了。太阳落山以前，倘若站在城门旁边，可以看见一个轻巧的中年妇人，提着空篮，一步一伸腰，从街走近城；出了城门，篮子脱下手腕，倚着茅壁呻吟一声，当作换气；随即从茅壁里走出七八岁的姑娘，鸭子似的摆近篮子，拣起来："妈妈！"

李妈虽没有当着人前咒诅她的命运，她的命运不是她做孩子时所猜想的，也绝不存个念头驼背姑娘将来也会如此的，那是很可以明白看得出的了。每天大早起来，首先替驼背姑娘，同自己的母亲以前替自己一样，做那不可间断的工作。驼背姑娘没有李妈少女时爱好，不知道忍住疼痛，动不动喊哭起来。这是李妈恼怒的时候了，用力把剪刀朝地一摔："不知事的丫头！"驼背姑娘被别的孩子的母亲所夸奖而且视为模范的，也就在渐渐现出能够赶得上李妈的成绩，不过她是最驯良的孩子，不知道炫长，——这长处实在也不是她自己所稀罕的了。

男孩子不上十岁，一个个送到城里去做艺徒。照例，艺徒在未满三年以前不准回家，李妈的哥儿却有点不受支配，师父令他下河挑水，别人来往两三趟的工夫，他一趟还不够。人都责备李妈教训不严；但是，做母亲的拿得出几大的威风呢？李妈只有哭了。这时也发点牢骚："酒鬼害我！"驼背姑娘也最伶俐，不奈何哥哥，用心服侍妈妈：李妈趁着太阳还不大利害，下河洗衣，她便像干偷窃的勾当一般，很匆忙的把早饭弄好，——只有她自己以为好罢了；李妈回来，她张惶的带笑，站在门口。

"谁弄饭？——你！"

"……"

"糟塌粮食！丫头！"

李妈的愤气，统行吐在驼背姑娘头上了。驼背姑娘再也不能够笑，呜呜咽咽的哭着。她不是怪妈妈，也不是恼哥哥，酒鬼父亲脑里连影子也没有，更说不上怨，她只是呜呜咽咽的哭着。李妈放下衣篮，坐在门槛，又把她拉在怀里，理一理她的因了匆忙而散到额上的头毛。

从茅房东走不远，平铺于城墙与河之间，有一块很大的荒地，高高低低，满是些坟坡。李妈的城外的唯一的邻居，没有李妈容易度日，老板在人家做长工，孩子不知道养到什么时候才止，那受了李妈不少的帮助的王妈，便在荒地的西头。夜晚，王妈门口很是热闹，大孩子固然也做艺徒去了，滚在地下的两三岁的宝贝以及他们的爸爸，不比李妈同驼背姑娘只是冷冷的坐着。驼背

竹林的故事

姑娘有一种特别本领——低声唱歌,尤其是学妇人们的啼哭;倘若有一个生人从城门经过,不知道她身体上的缺点,一定感着温柔的可爱,——同她认识久了,她也着实可爱。她突然停住歌唱的时候,每每发出这样的惊问:"鬼火?"李妈也偏头望着她手指的方向,随即是一声喝:"王妈家的灯光!"

春夏间河水涨发,王妈的老板从城里散工回来,睄一睄李妈茅房有没有罅隙地方;李妈虔心信托他的报告,说是不妨,也就同平常一样睡觉,不过时间稍为延迟一点罢了。流水激着桥柱,打破死一般的静寂,在这静寂的喧嚣当中,偶然听见尖锐而微弱的声音,便是驼背姑娘从梦里惊醒喊叫妈妈;李妈也不像正在酣睡,很迅速的作了清晰的回答;接着是用以抵抗恐怖的断续的谈话:

"明天叫哥哥回来。"

"那也是一样。而且他现在……"

"跑也比我们快哩!"

"好罢,明天再看。"

王妈的小宝贝,白天里总在李妈门口匍匐着;大人们的初意也许是藉此偷一点闲散,而且李妈只有母子两人，吃饭时顺便喂一喂，不是几大的麻烦事；孩子却渐渐养成习惯了，除掉夜晚睡觉，几乎不知道有家。城里太太们的孩子，起初偶然跟着自己的妈妈出城游玩一两趟，后来也舍不得这新辟的自由世界了。驼背姑娘的爱孩子，至少也不差比孩子的母亲；李妈的荷包，从没有空过，也就是专门为着这班小天使，加以善于鉴别糖果的可吃与不可吃，母亲们更是放心。土坡上面，——有时跑到沙滩，赤脚的，头上梳着牛角的，身上穿着彩衣的许许多多的小孩，围着口里不住歌唱，手里编出种种玩具，两条腿好像支不住身体而坐在石头上的小姑娘。将近黄昏，太太们从家里带来米同菜食，说是孩子们成天吵闹，权且也表示一点谢意；李妈比时顾不得承受，只是抚摸着孩子："不要哭，明天再来。"临了，驼背姑娘牵引王妈的孩子回去，顺便也把刚才太太们的礼物转送给王妈。

李妈平安的度过四十岁了。李妈的茅房，再也不专是孩子们的乐地了。

太太们的姑娘，吃过晚饭，偶然也下河洗衣，首先央求李妈在河的上流阳光射不到的地方寻觅最是清流的一角，——洗衣在她们是一种游戏，好像久在樊笼，突

竹林的故事

然飞进树林的鹊子。洗完了，依着母亲的嘱咐，只能到李妈家休歇。李妈也俨然是见了自己的娇弱的孩子新从繁重的作工回来，拿一把芭扇，急于想挥散那苹果似的额上一两颗汗珠。驼背姑娘这时也确乎是丫头，捧上了茶，又要去看守放在门外的美丽而轻便的衣篮，然而失掉了照顾孩子的活泼和真诚，现出很是不屑的神气。

傍晚，河的对岸以及宽阔的桥柱上，可以看出三五成群的少年，有刚从教师的羁绊下逃脱的，有赶早做完了工作修饰得胜过一切念书相公的。桥下满是偷闲出来洗衣的妇人（倘若以洗衣为职业，那也同别的工作一样是在上午），有带孩子的，让他们坐在沙滩上；有的还很是年青。一呼一笑，忽上忽下，仿佛是夕阳快要不见了，林鸟更是歌唱得热闹。李妈这时刚从街上回来，坐在门口，很慈悲的张视他们；他们有了这公共的母亲，越发现得活泼而且近于神圣了。姑娘们回家去便是晚了一点，说声李妈也就抵当得许多责备了。

卖柴的乡人歇下担子在桥头一棵杨柳树下乘凉，时常意外的得到李妈的一大杯凉茶，他们渐渐也带点自己田地里产出的豌豆，芋头之类作报酬。李妈知道他们变卖的钱，除盐同大布外，是不肯花费半文的，间或也买几件时新的点心给他们吃,这在他们感着活在世上最大的欢喜。城里的点心,虽然花不上几个铜子,他们却是从天降下来的一般了。费尽了他们的聪明,想到,皂荚出世的时候,选几串拿来;李妈接着,真个哈哈不住:"难得这样肥硕!"

有水有树,夏天自然是最适宜的地方了;冬天又有太阳,老头子晒背,叫化子捉虫,无不在李妈的门口。

李妈的哥儿长大了,酒鬼父亲的模型,也渐渐现得没有一点差讹了。李妈诅骂他们死;一个真于死了,那一个逃到什么地方当兵。

人都归咎李妈:早年不到幼婴堂抱养女孩给孩子做媳妇,有了媳妇是不会流荡的。李妈眼见着王妈快要做奶奶,柴米也像以前缺乏,也深悔自己的失计。但是,高大的瓦屋,消灭于丈夫之手,不也可以希望儿子重行恢复吗?李妈愤恨而怅惘了。驼背姑娘这时很容易得到一顿骂:"前世的冤孽!"

李妈很感空虚,然而别人的恐怖,无意间也能够使自己的空虚填实一点了。始而匪的劫掠,继以兵的骚扰,有财产,有家室,以及一切幸福的人们都闹得不能安居,只有李妈同驼背姑娘仍然好好的出入茅房。

竹林的故事

守城的兵士,渐渐同李妈认识。驼背姑娘起初躲避他们的亲近,后来也同伴耍小孩一样,真诚而更加同情了。李妈的名字遍知于全营,有两个很带着孩子气的,简直用了妈妈的称呼;从别处讹索来的蔬菜同鱼肉,都拿到李妈家,自己烹煮,客一般的款待李妈;衣服请李妈洗,有点破蔽的地方,又很顽皮的要求缝补;李妈的柴木快要烧完了,趁着李妈不在家,站在桥头勒买几担,李妈回来,很窘的叫怨,他们便一溜烟跑了。李妈用了寂寞的眼光望着他们跑,随又默默的坐在板凳上了。

李妈的不可挽救的命运到了,——驼背姑娘死了。一切事由王妈布置,李妈只是不断的号哭。李爷死,不能够记忆,以后是没有这样号哭过的了。

李妈要埋在河边的荒地,王妈嘱人扛到城南十里的官山。李妈情愿独睡,王妈苦赖在一块儿做伴。这小小的死,牵动了全城的吊唁:祖父们从门口,小孩们从壁缝;太太用食点,同行当的婆子用哀词。李妈只是沉沉的想,抬头的勇气,大约也没有了。

李妈算是熟悉"死"的了,然而很少想到自己也会死的事。眼泪干了又有,终于也同平常一样,藏着不用。有时从街上回来,发现短少了几件衣服,便又记起了什么似的，仍是一场哭。太太们对于失物，虽然很难放心下去，落在李妈头上，是不会受苛责的，李妈也便并不十分艰苦一年一年的过下去了。

今年夏天来了一个单身汉，年纪三十岁上下，一向觅着孤婆婆家寄住，背地里时常奇怪李妈的哥儿：有娘不知道孝敬。一日，想到，李妈门口树荫下设茶座，生意必定很好，跑去商量李妈；自然，李妈是无有不行方便的。

人们不是从前的吝惜了，用的是双铜子，每碗掏两枚，值得四十文；水不花本钱，除偿茶叶同柴炭，可以赚米半升。那汉子苦央着李妈不再洗衣服："到了死的日子还是跪！"李妈也就过着未曾经验的安逸了。然而寂寞！疑心这不是事实：成天闲着。王妈带着孙儿来谈天："老来的好缘法！"李妈也陪笑，然而不像王妈笑的自然；富人的骄傲，穷人的委随，竞争者的嫉视，失望者的丧气，统行凑合一起。

每天，那汉子提着铜壶忙出忙进。老实说，不是李妈，任凭怎样的仙地，来客也决不若是其拥挤。然而李妈并不现得几大的欢欣，照例招呼一声罢了。晚上，汉子进城备办明天的茶叶，门口错综的桌椅当中，坐着李

竹林的故事

妈一人；除掉远方的行人到桥上彳亍过来，只有杨柳树上的蝉鸣。朝南望去；远远一带山坡，山巅黑簇簇，好像正在操演的兵队，然而李妈知道这是松林；还有层层叠叠被青草覆盖着的地方，比河边荒地更是冷静。

李妈似乎渐渐热闹了，不时也帮着收拾茶碗。对待王妈，自然不是当年的体恤，然而也不是懒洋洋的陪笑，格外现出殷勤，——不是向来于百忙中加给一般乡人的殷勤，令人受着不过意，而且感到有点不可猜测的了。

谣言哄动了全城，都说是王妈亲眼撞见的。王妈很不安："我只私地向三太太讲过，三太太最是爱护李妈的，而且本家！"李妈这几日来往三太太很密，反覆说着："人很好，比大冤家只大四岁。……唉，享不到自己儿的福，靠人的！"三太太失了往日的殷勤，无精打采的答着。李妈也只有无精打采的回去了。

姑娘们美丽而轻便的衣篮，好久没有放在李妈的茅房当前。年青的母亲们，苦拉着孩子吃奶："城外有老虎，你不怕，我怕！"只有城门口面店的小家伙，同驴子贪恋河边的青草一样，时时刻刻跑到土坡；然而李妈似乎看不见这爬来爬去的小虫，荷包里虽然有铜子，糖果是不再买的了。

那汉子不能不走。李妈在这世界上唯一的希望,是她的逃到什么地方的冤家,倘若他没有吃子弹,倘若他的脾气改过来。

一九二三,八,二十九,脱稿。

半　年

　　我的十八元一月的差事被辞退了，这半年就决计住在家。

　　去年冬天，我曾这样想：同芹一块儿，多么有趣。现在，我的母亲见了病后的我一天一天的黄瘦下去，恼怒叹息人们不谅解她的孤僻而恬静的儿子，自己对于儿子的隔秋结婚，团聚不上十天便分别了的妻的亲密，却又很寡的加以言外的讽刺；结果，在城南鸡鸣寺里打扫小小的一间屋子，我个人读书。

　　书案的位置于我很合式：窗小而高，墙外是园，光线同湖水一般，绿青青的。阴郁的病态过久了罢，见了白得刺目的太阳，虚弱的心顿时干枯起来，犹之临了同世人应酬，急的想找个窟眼躲藏；倘若在暗淡所在，那便熨贴极了，好像暑天远行，偶然走近一株大树，阵阵凉风吹来。

来寺烧香的很多，原因是菩萨太灵。至于和尚，则素来以不修行着称，——在我看，也确有令人生厌的地方。我把门关上，除掉回家吃饭，或到寺前院子里散步，绝少打开。

我读书不怕喧扰，打鼓放炮，于我都很习惯。虽然也笑：迷信；然而不能引起平素的憎恶。最欢喜的，是从门缝里窥望各种形色烧香的妇女；不待走进门，已经有一个记号，令我知道来的不是男子汉，——这并不由于声音的不同，在未拜跪以前，是很少言语的，乃是寺门口满盛冷水的缸里传来的喔喔的响。这缸水是专门为着女香客洗手而备办的。

雨后，烧香的没有了，然而院子里接连有许多姑娘的叫喊。我走出去探望：比平素更是嫩绿的草地当中，散聚着几个拣粪的姑娘，头顶近地，好像吃草的牛羊，左手捏一个半球形的柳条盒，右手不住的把草理来理去，……"啊，地母菇！十年没有吃过然而想过的地母菇！"

四五月间，草地上经过大雨，长一种比木耳更小的菇子，大家都说是雷公用铁拳打下的，拣回去煮汤。我小时最爱吃这汤，常是伴着身分与我不相称的女孩，在城外野原，从早拣到午。我没有另拿东西盛着，用衣兜住。回去，不消说，鞋是完全湿的，衣上也染了许多斑点，好像装过丸药的盒子。母亲知道我的脾气，也不加责备，煮来做午饭的菜。记得那时外祖母常在我家，还称奖我，省得两块豆腐的费用哩。

现在，我的稚气又发了，加在这几个姑娘的一伙。她们抬起头来望我，我说，大家一齐拣。我们的职业隔得太远罢，她们并不觉什么嫌疑，依然旁若无人的俯下去，拣了满盒，拿着粪铲走了，我也把报纸包一大包，赶早回去。

我的母亲，自从我进寺读书以后，如一切母亲爱儿子以外，百般的将顺我，——几乎可以说是畏怯，见我自己办菜回来了，而且追起了许多过去的欢喜，自然是高兴的了不得。我近来对于母亲确乎也有点愤意，这回却还是小孩似的：

"不要芹煮——，母亲煮，再尝那样的味儿！"

哈哈！任凭几个十八元，也买不了这样的味儿！这决不是我的牢骚语；十年来，每当雷雨天气，我是怎样的想呵。

有时细雨接连下个不住。望天，好像是一大块肮脏的灰布；本来低洼的泥地，潮湿得被盐卤了一般。和尚在后房睡觉，阴暗的神龛，恍着比萤火更清淡的灯光，雨风吹来，已经是熄了，却又一亮。倘若在外方有这么个境地，我将感着读了好的诗歌而起的舒服；现在，气愤愤的不待母亲指定的时间跑回。走进我自己的卧室，只有长几上的钟滴答滴答的。我退了鞋，横倒在床，心想："芹最是装狠，拿针蒂到母亲后房做，现得并不……"天井外渐渐听见脚步声了，我急忙把眼睛一闭。

"回来了！……也不盖，……"

衣橱轻轻的开着，线毯慢慢的覆盖我的手同下身；我突然又把眼睛一张：

"弄醒了我！"

我极力消出我的气，用我的聪明所想得到的许多强横；然而终于忍不住，笑了。

我们真是别离了又相逢，相逢了又别离，似乎没有比这更多趣的了，然而我总是不平。做孩子时欢喜吃的食物，母亲还记得，只要是在这季节出世，都拣新鲜的买回，——很少用在白天，多半煮来消夜。时日太长，没吃到的都吃到了，重覆的便是鸡蛋。消过夜，有月亮,母亲便走在我前;没有月亮,提着灯笼跟在我侧。路本不远,母亲的话很多,我心里虽然都听见,除了"哼"是没有明晰的回复的。走到寺门,和尚接着母亲问候了一遍;我打开门房,高声的寻着洋火,母亲拿着灯笼的时候,不待我第二声已经进来了。

倘若被风吹伤了,我俨然是加了一番力气,大踏步跑回:"那里像家里有楼板呢,抬头就看见瓦缝!"母亲窘呵。我喜呵。这晚便可以同芹安睡。可恼的芹,灯燃着了,还固意到母亲那里支梧一会;母亲很好,催促着:"问他要东西不。"

一天下午,和尚因事出去了,托付我暂时照顾,我的门也就例外打开。这时天气,穿得着单衫,风幽幽的从窗吹进来,送我馥郁的气息;我拿本诗集,靠着椅子读。忽然间感着深谷的回声似的,不觉头已偏了,竖着耳朵细听。声音渐渐落实了:"乖乖儿,不要同你娘斗!"我摔开书去看:院子的这头,站着十二三岁的小孩,头低着,指甲放在嘴里咬;那头是六十岁上下的妇人,缓步走近小孩,见了我,又高声道:"那先生不也是读书吗?人总要读书!"院墙颇高,话声空洞而响亮;我感着秋夜浴月的清澈,摸一摸孩子:

"读书?"

"是呵,娘为他气得哭,——说声上学就跑!"老妇人皱着眉头说。

"不要她管!"

"是呵,信我的话,祖母的话。"

孩子很重的拖着鞋,在老妇人前慢慢走出院了。

我重行拿着书;翻开两叶,又摔在一边,望着窗外用水洗了似的深蓝的天空。和尚回来,我也就回去。

这天是端阳节,家里很忙,打发了这个孩子粽子,那个孩子又来要鸭蛋。我吃过早饭,仍然往寺里去。香炉旁,有一个孩子寻炮壳,——仔细看就是前次被祖母调劝的,炮引没有了,药还藏着未炸发,便一颗颗拣起来。小小的手掌再不能容了,又一颗颗折成半断,在地上摆着圆形;点燃一颗,其余的都嘶的一声放起火花。我帮着他拣,他问我:

"你不散馆?"

"啊,你们散馆。我没有先生,不散。——前回你是逃学罢?"

他含羞的微笑,并不回答。

"你为什么不信娘的话呢?"

他一心低头拣炮。而我还是问:

"你的爷呢?"

"爷,爷死了。"

"死了?什么时候?"

"不知道,死了。"

我不再惊扰他的拣炮了。后来由和尚的话,知道他便是寺的右角小小一间房子的男主人。

院子里照常竖着衣架,我以为普通事,近邻借晒场,从没有留心过。一日,偶然瞥见那老妇人在架旁踱来踱去,我便偷伺秘密似的站在院墙后廊,从圆的彩花形的洞隙眺过去。老妇人收折晒在架上的白布被包,坐下草地,返覆展平;随又等候什么,掉头向街。由街走进一个中年妇人,肩膀搭着棉絮,腋下挟的是紫褐色的被面。这妇人很苗条,细小的脚,穿着灰鞋;棉絮铺在地上了,老妇人清检别的零星衣件出去,她一个人屈着身子,手里拿着针线,忽上忽下。太阳渐渐西偏,她的头发渐渐由闪烁转到墨黑;草更现得绿,被更现得白,被面的紫褐映着苍黄的脸,令我远远感到凄凉了。

以前,傍晚我便回家,芹坐在当户的矮凳,便于早一点相觑。我再有别的牵挂了,回家之先要登城,——毕竟是乡镇,沿城可以登览。我的两次晤面的小朋友的屋,后有一块小园,横篱七八步,便是城墙。灌菜割菜,每次看见的,都是小朋友的祖母;母亲呢,当着由园进屋的门口做针黹,回答婆婆,眼睛才略为一睒。

是风暴之后。我穿着夏布短挂,很有几分凉意,当着正煮午饭的时候,回家添衣。我的小朋友的很少打开的前门这时也打开了,小朋友嗡嗡哭着,母亲很窘的一旁站着:

"上街买盐!"

"我不去,你去!"

我不能止步,只得慢一点走;心想,祖母呢?——祖母的声音果从后喊到前了。

距离我家不远的时候,小朋友又笑嘻嘻的走来我的后面,愈是深的水荡,愈是高兴的踏下去。我说,"鞋子湿了,回去母亲要骂!"不知道是被我说失了体面呢,还是当心母亲的骂,他也就走上没有水的地方了。我告诉他,"要一耍罢,这是我的家";我是怎样欣慰而悲哀呵,他答着我:"不,母亲等盐。"

这是过去的一个半年的事。现在我在北京,还时常羡念那半年的我,但也不能忘记我的小朋友,以及小朋友的祖母和母亲。

一九二三,九,十,脱稿。

我的邻舍

我家的前门当街，后门对着在城镇里少有的宽阔的空坦，空坦当中，仅有同我家共壁的两间瓦屋，一间姓石，那一间姓李。两家大门互相对着，于大坦中更范成一块小坦，为我家从后门出进的路。我在省城读书，见了那前面横着操场的营盘门口排立着两个卫兵，不知不觉便联想到那两间房子。

石姓算得老住。我家是从东门迁居的，现在也有十几年。李姓至多不过三年，因为我的记忆里还是那念着"'戒之哉，宜勉力'，读完《三字经》要肉吃"，鼓励我去向父亲刁难的单身老汉，直到前年暑假，才知道老汉已经死去了，房子也易了主人。

预计着暑假快到了，母亲便买好青松，靠后门竖起一架荫棚。荫棚底下，纵横放着竹榻，吃过早饭，弟兄们躺睡谈天。阿六总是强占那矮榻，——确也矮得精致，我不禁想起清少纳言"凡是细小的都可爱"的话来。母亲醒了午觉，也加在一伙，"阿六，只有你讲话的分儿，仿佛哥哥是外乡长大的，都要你告诉我。"阿六越发现得得意，我也并不感到厌倦，他好像再接不起头来了，我便固意挑剔一句。

阿六突然记起了什么，叮咛一声："不要坐我榻！"三步当作两步的跑进石家。随即引起比自己更小的孩子，赤臂膊，裤子——自然是开裆的，上卷到膝头，脚也光着，地面大约有点烫，而且铺了好些沙粒，脚板刚踏下，手也弹起来，然而还是要跑；一手捏的是橡皮球，那一手便是我久住都会也不知道名字的一种抽水袋。我顿时有话要向母亲询问，然而六月天皮肉都露出来的小孩，是年来同故乡的肴味一样，想起来就要馋嘴的，好容易陈在我的面前；阿六又是那副旁若无人的气概，指着孩子的手："不只这些哩，从九江买回的！"我那里还忙得开眼睛和耳朵。

我一面看阿六把袋子放在浴盘里吸水，然后对着堂屋射去，一面拉着那孩子叫他坐下矮榻，但他只顾拍水。我哈的一声大笑了，——他的右手比我们的多一个指头！这在我是第一次眼见，然而并不如平素所想像，以为是一种讨厌的残疾,圆阔得很是有趣。当他把手浸到浴盘忽然又拿起来,那枝指便首先出现,好像脚鱼在那里伸头。母亲这时才也出言:

"名字就叫六指哩,他爷的意见:喊得贱也长得贱。"

我哄六指的手到我的手里:"我替你数萝,不替阿六。"

"一萝穷,

二萝富,

……"

他突然像一条鳅从我的掌里脱逃了。我于是摸他的脚板;他嘶的一声把颈一缩。我又瞧见了他的脚搔很长,想替他剪短,——并不另外用剪刀,只用我自己的手甲,我说:"蚂蚁!那,那脚搔里的黑的!"然而他哭了。他也并不让阿六满足,转过背来:"要,我的!"阿六也只得淡淡的递还他袋子。我暗地里埋怨自己,"住在比九江更热闹的码头!"想起阿六刚才说话的神气更觉惭愧了。

我翻着手边杂志的插画,想招引六指再近我的身旁。阿六才也被我提醒,现着得意的颜色,跑来伏在我的兜里:"看,看我哥的画。"忽然同阿六一样大的孩子闯进荫棚来了："我的球！六指拿我的球！"我更有点稀奇。这孩子没有六指那么肥，然而俏俊，银项圈一半还用红布裹着，从六指手里夺下皮球，六指并不哭，好像不是因了夺而把的，不夺也自然要把，从一瞥见便徐徐的捱进去，可以看得出来。至于那插画，反不惹注意，便是阿六，也摔开一边，引新来的孩子走进自家堂屋里拍球了。

"啊，拍球，我同淑姐也是这样拍球。"

我家初搬到这来，我只有七岁，前几个月母亲便向我讲："要迁往南门了，就是看把戏的那坦。"相距本只有两条街，自从能够爬路以来，听了锣鼓的响声，总是牵着祖母要去看。祖母一手牵我，一手拿一条高不上五寸的板凳，冬天放在太阳底下，夏天乘杨树的荫。新近又结识了许多伴侣，有月亮的晚上，大家持着木刀跑到坦里学兵操：所以听了母亲的话，便是父亲下乡，免掉了夜课，也没有这样欢喜。一个人路过的时候，一定要停住脚睄一睄房子："那一个呢？有玻璃窗的总好呵。"有一回问祖母，祖母却说这都是别人的，自己的还得新做。

"那玻璃窗吗？那天在庵里遇见的跟着她妈妈还愿的淑姐，便是这家。"

搬家是一个夏晚,祖母抱猫,我引着狗在前跑。这欢喜可真不比寻常了:间间房有玻璃窗,堂屋明晃晃的悬着玻璃灯,石灰同砖末碾成的地,差玻璃也不顶远。第二天清早打开后门望坦,倘不是那窗户,我直不认是我所羡慕的那两间房子了,"好矮呵。"

前街都是铺店,放学回来,只有后门可以玩耍,伴侣也只有比我大两岁的淑姐。间壁的老汉,好像也在上学,我们刚出来,他才也从外进来,用钥匙开门。老汉最爱激起我同淑姐争强,比如说,"淑姐的爸爸好!淑姐要什么买什么!"我明明知道我的爸爸比淑姐的富,然而应付不了老汉的驳诘。淑姐的衣服总比我的好看,我不能即刻说出,"女孩子爱打扮,淑姐的爸爸又只有淑姐一个人",虽也明知道其中有原因。然而这是我的夺不去的得意:淑姐不能不要求我到我的堂屋去拍球!好玩呵,冰一般的地上,淑姐好像一条龙,把自己做的球,红线衬着白线的球,翻来翻去。

"母亲!这两个孩子都是淑姐的弟弟吗?"

"啊,还没有告诉你,是的。淑姐——去年出嫁了。……小松!过来,过来认过我的焱哥。"母亲一面说,一面用手招那拍球的孩子,——阿六早把他推到我的面前了。他害羞，还没有站住脚，又拉着阿六一路进去了。

我想起我同淑姐现在都是有妇有夫的大人，倘若再会面，是何等多趣。我又想起当年游灯赛会，都是亲自抱着淑姐的石家叔叔，现在有了小松，又有六指，不觉也为他欢喜，看一看六指，并不像小松带有项圈，却又忍不住笑了。

堂屋里声音搅成一团，不消说，是阿六欺了小松。母亲很窘的喊："发痧了，还不歇！"小松慢慢走出，好像从河里洗澡起来，满身是汗。我把他夹在兜里，他也并不像是刚才认识的，对我申诉着："腰高也要我罚酒，讲定是头高。"阿六也抢了出来，一手一个指头拭着两颊，意思是说，小松不爱脸，——眼光突然射到前面去了："癞疬婆！癞疬婆！"

李家门口站着一个女孩。我责备阿六白白的骂人，母亲却笑了：

"小松的媳妇哩。"

"哈哈！告诉我，什么名字？"

阿六忙帮着答道：

"细女，就叫做细女。"

我还是拉着小松:"你不答应,我不放!"我不放,他也就不答应;我放了,他一溜烟跑了。细女站在门槛里伸出头来对我们望,我望她,她又缩进去,——撒满了鸟粪的脑壳已经给我看得明白了。我很为小松不平:"将来岂不是同壶卢一般?"母亲似乎看出了我的心事:"这并不是好不了的,——你们现在不是提倡女子剪发吗?"我笑了。这一层就算解决,面孔也万万配不上小松。

母亲说,李家乡下有田地,本比石家强,不过石叔叔新在正街开店——九江煤油公司的分栈,眼见得快要发财,我的脑里,石叔叔也是一个很可崇拜的人(倘若那老汉不在旁边),衣服穿得阔,商会议戏,极力主张头号的班子,我同淑姐伴在一块儿,极力夸奖我,吩咐淑姐,买糖要与我平分。

"替小松订媳妇,为什么不同玩具一样到热闹码头拣那我们不知道名字的呢?"

一旁谈笑,阿六总是称癞疬。母亲说不该,癞疬的妈妈听见了,是不舒服的。然而"细女","细女",在我也很难叫出口,仿佛是一根鸡毛,拿起来怪不称手。我们家人时常因此大笑一阵,母亲几乎要笑出眼泪来。而细女很作怪,我拉小松,小松也只扭扭捏捏;拉她,她却大声喊妈妈。她的妈妈料想不到省城回来的先生，会同孩子们挑衅，从屋子里发出："那个？要死呀！要死呀！"的骂声。有时，她跟着妈妈的背后朝外走，我站在门口，固意咳嗽一声，她以为真个来缠她，很尖锐的叫起来，转到前面搂着妈妈；妈妈掉头一望，然后轻轻把癞疮一拍："我道是有谁！"

一天清早，我还在睡觉，阿六跑到我的面前："哥！看洋人，小松家里有洋人！"洋人下乡，我也觉得不是寻常事，然而怎会到小松的家呢？我拿脸盘往厨房打水，听得同母亲讲话的不是本家人的声音，便在间壁房子里站住了。

"只有子鸡说是合式，——肉不吃。"

"几只呢？——来得正好，迟一点就要放笼。"

鸡的叫声，翅腿的劈拍，竹笼的开闭。

"今年抱得晚，过些时长大了，再还奶奶。——天明起床，头还是蓬着。小松的爷，昨晚两点钟才弄清楚，这月是五百块。"

母亲唯唯的答着。话声已经出了后门。

原来是总公司的帐房照例一月月的催款。

三十岁上下的妇人，很胖，粗布衣裳，很整洁；对待我不现得亲热，然而我的母亲是疼我的，父亲又在学务局办事，惯于毒骂别的孩子，也并不骂我；我也本不欢喜她，她在家，我招淑姐，总是站在门口：这便是淑姐的妈妈。现在的淑姐的妈妈自然不像我所描绘的了；我听了刚才的话音——虚夸掩不过张惶，也掉过了当年的心情，仿佛是自己的婶娘一般，要求父亲分给大宗款项，不干这欢迎钦差似的买卖才好。

我出后门，李家的门口站着——，我的感觉好像眼睛的一眨，很快的知道是淑姐的妈妈；大约也是乞借，细女的妈妈送到门外，还正在交语。见了我，很带踌躅的神气，我似乎已经听到了一个声音——"焱"，马上又没有了。过一会是：

"二先生！再真是先生模样了。"

我说："婶子，不必客气，还是'焱娃'。"她接着很高兴似的说了许多话，却不是单给我一人听见，意思是：我的洋话，不消说，讲得好；小松，爸爸也想送他读书，将来有一日上省，那才是福气，便是做通师，也比开店强，这位帐房带来的，一个月八十块。

阿六从小松的院子里跑出来，抱歉似的回复我："就回！就回！"洋人已经上街去了。随着阿六的好像一阵狗,是四五个年纪相仿的男孩,其中只有小松的腰挺得顶直,阿六也很现光彩,不时把脑壳贴近小松,提出自己的或赞成小松的意见;其余的,只要不受排斥,什么也情愿容纳,手里捏着可吃的东西,早就贡献给小松了。细女这时也在坦。小松的原故呢,还是"女"本不是一伙?总之她是孤立——眼光凝视着,嘴里预备"妈妈",倘若谁敢来欺负。我注意一个人去了,小松不知缘何发恼:

"…………

大菩萨,

小菩萨,

保护癞疬长头发!"

我实在佩服小松的勇气!我同我的妻,儿时也常在一堆,从没有恶意或善意的表示。细女可哭起来了;结果妈妈走出,看一看是小松,又轻轻把癞疮一拍:"还不过来!"

洋人终于没有看见,说是趁着太阳不大利害,两乘轿抬出城到五祖山看风景去了。

吃饭的时候,阿六才也回来,母亲责备他不洗脸,他对我唠叨:"小松跌破了碗,挨他爷几颗栗子。"

这是去年寒假的事：母亲扇燃炉子，要赶快的给归儿吃一顿肉；我站在母亲身旁，要赶快的知道离家以来的变故，首先讲到，便是石家叔叔于今年秋间永辞人世的话了。

到家，太阳快要落山，母亲恰好同几位婆婆在街旁坐叙，车刚转角，就有人报信，婆婆们都上前迎接，我也一一问好，然而我的欢喜好像学校里踢的足球，吹得紧紧，偶然刺破了一个窟眼。"进门，堂屋没有人，——喊……"坐在车上远远望见城墙的时候我这样想，同时不觉也在笑；——谁耐烦许多意外的招呼呢？那人丛后面不是一位姑娘吗？"啊，淑姐！手牵的正是六指！"我又很自然的站住了。声音很多，却没有听见淑姐一句话，我徐徐的瞄她，她也正瞄着我哩。我们小孩子的亲密的生活，以及后来各在一方，随着许多有趣味的回忆而眷念着（至少在我是如此）的心情，统行消融于我们的眼光当中了。淑姐不知道，我即刻改向了六指，六指鼓起他的铜铃似的眼睛紧贴着阿姐。直到母亲问我："还只吃过早饭罢？"妻也慢慢从后房走来，我才又转到另一世界了。

"是那有那么亮呢？含泪吗？"我听了母亲的话，适才温存我令我释去了疲劳的六指的眼睛,忽然发生疑难了。我背转身来,说是沿路灰尘太重,寻手帕,然而那能瞒得过我的聪明的母亲?——

"儿啊,老是这副心肠!——肚子还是空的,不要……"

阿六散学回家,(二月里父亲给我写信已经谈到阿六上学的事)一刻也难忍耐,把我带回的网篮扒来扒去;我说:"不要嚷,母亲听了,埋怨你不让阿哥休息。"我拿起《阿丽斯漫游奇境记》同别的几张画报,阿六只管看画;我又拿起丝绳织的帽子,很快的剪在背后:"猜得着吗?比画还要好!"阿六简直飞起来了,那里还顾得及猜。我低声问道:

"同小松是不是一个学校呢?"

"小松?——小松在他伯伯家。"

"啊,——近来看见他没有呢?"

"看见,他时常回来。"

"再看见,回来叫我。"

我翻着《阿丽斯漫游奇境记》,说道:"三十夜我们两个围炉守岁,讲许多许多有趣的故事。"

到家第三天,阿六的先生散馆。淑姐也预备这天同去。母亲说腊月初婆家约定了日期,连着起风又下雪,挨到现在;两口子很和好,家事也很充裕;还是石叔叔害病的时候上街来。淑姐个人的幸运,在我好像用不着母亲的报告,因为我想起她,总是觉得有趣。我正在归程,确乎天天起来有风雪,然而并不以为苦,可以说是甜,希望在前面招引。现在,更要感谢了,俨然又在风雪里走,希望中添了那一瞄的淑姐。但是,淑姐的父亲呵,即刻想到了。淑姐的母亲呵,即刻又想到了。这母亲本不如父亲印在我的脑里可爱,想到了随即排遣不开,却要算她了。

我刚刚洗完脸,阿六飞奔到我的面前:"小松在坦里!"我牵着阿六走出去,靠墙有一乘轿,——这也是我多年没有看见的,粗蓝布围着长方形的木架,好像是专门为着姑娘们做的,(本也算姑娘坐的多)比我还要矮一平拳。轿杠的两头,三四个小孩忙着肩膀和手,想把轿扛起,然而轿动也不动一动。里面坐的是小松;我抽开帘子:"认识我吗?""认识。"他很快的答应着。其余的孩子都围拢来,很羡慕小松似的,——带眼镜的先生同他攀谈。阿六,不消说,更是得意。小松也立刻下了轿,仿佛是一个人坐着,是很可羞的;他比阿六长得

高,衣服却又太长,要在平常,我以为是固意穿出来惹人笑,因为这样装饰格外现得皙白可爱。我替他抹一抹吊在嘴边的鼻涕:

"怎不同阿六到我家玩呢?"

阿六连忙插嘴:

"他晚上才回来。"

"白天总在伯伯家吗?"

"是的,伯伯家上学,伯伯家吃饭。"

小松的伯伯是城里有名的嫖客,一向在正街开南货店。兄弟间很不和好,尤其是妯娌;两家只有淑姐一个孩子的时候,伯母似乎还比伯伯疼爱淑姐的利害,因为淑姐那时把糕饼当作瓦片一般的贱,我问她是那有这么多,她说,一会见伯母,袋子就塞得满满。正月间游龙灯的时候,淑姐的父亲把淑姐抱上柜台,自己便走了,(我也借光站在上面)伯母立刻出来,从柜台里搂着淑姐,淑姐的头毛挤得蓬乱了,便慢慢用手梳理。淑姐的妈妈添了小松了,——母亲说——伯伯同小松倒很有缘法,无论到那里都要携着一路去;伯母与自己妈妈间的嫌怨,反更深了一层:"不要小松去!带坏了我的儿!"便是妈妈迁怒于伯伯的说话。

伯母已经是五十岁的婆婆了，商量承继的事，也很愿意要小松，小松的父亲死后，曾经例外的亲临小松家一躺。小松的妈妈，却要让下么娃（便是六指，父亲死后，不愿意旁人这样称呼，自己首先改喊么娃），么娃还没有订媳妇，承继在伯伯底下，做媒的也就多些。但是，那方再三拘执，这边也就不便过于坚持了：勉强拿得去，不喜欢，有什么好处。而且这也使爸爸睡在土里心安：一个大点儿子，妇人家照顾不了，跟着伯伯，只要不太蠢，读书是一定的。

小松时常挨打，因为他不大听妈妈的话。妈妈嘱咐他不要再喊伯伯，他老是喊伯伯；吃饭算是不偷偷跑回的了，睡觉，便打死他他也不去。"这样好像长了刺的，怎么能讨人家的欢喜呢？一年长到这么高，衣服都小得不合式，爸爸的拿来改做，又糟塌了材料，——放亲热一点，也许人家不阻拦伯伯，一年多做一两套。"妈妈平常这样说。

渗透了我的心灵的零零碎碎的报告，叫我见了小松只管从头到脚细细的端详，竟忘记了打断他们的游戏，待到让他们再来，他们又都没有以前的精神，一个一个的跑散了。而我还是纠着小松：

竹林的故事

"跟我去看画么？我有好多画。"

"不，妈妈就喊吃饭，——今天送阿姐，抬轿的上街转头就吃。"

我的母亲把我同阿六唤回了。

吃过早饭，我们家人团着方桌，叙谈的便是淑姐回家的事，——后门口传来"冯奶""冯奶"的声音了，这便是淑姐辞行。母亲和妻都迎上前去；我迟疑了一会："去呢不去？"忖着快要上轿了，假装喊叫阿六站在离轿十四五步的地方。淑姐穿的是大红缎子裙，绿湖绉棉袄，依依不舍的贴着么娃的脸，说些什么。小松伸起脖子望着阿姐，仿佛是不认识一般。妈妈裹着包头，喊么娃不要牵着阿姐。送客，我的母亲和妻之外，是细女的妈妈，手牵着细女，还有一位同我年纪相仿的姑娘，大约是妻时常告诉我的细女的姐姐，名叫贞姐。话要算我的母亲的最多；轿夫催着上轿的时候，妻才也跑上前挽住么娃，么娃哇的一声惊到半天云里去了，——妈妈姐姐，也各自揩着眼角。阿六呆呆的站在我的面前；至于我自己，怀着难得再见的私心，而且映了一幅严肃的图画，令我终身不忘。淑姐倘若瞥见了，也有时忆起这一晨近在咫尺而没有闲暇留意到的故人罢。

妈妈抱住么娃,请大家进屋;我的母亲想是不待请的;细女的妈妈似乎是托词有事,牵着细女回自己的家。细女带一顶牛角帽,癞疮好了没有,不得而知,我的看不起的心情却大大改变了,眼巴巴的望着她母子两个的后影。阿六又拉小松一路跑去玩;妻同那姑娘肩摩肩的谈话;我只好单独告退了。

我同妻站在后门口等候母亲。那姑娘果是贞姐,从小许了妻的一位本家,明年就要出嫁,女婿早年过了门。

"你们乡下不配有这样的媳妇!"

"好的都是我乡下的。你们街上只配癞疬!"

"那么,你也是癞疬了!"

妻笑了。

"近来贞姐可糟踏贵本家没有呢?"

"中秋节还同妈妈大吵一场哩。那边买些糕点,亲自用篮子送来,她趁妈妈不看见,撕成细片!妈妈骂她不懂事,'种田的难道就不是人?'"

"她妈妈从前不也说睄不起这位令婿吗?"

母亲回来了。号哭的声音突然惊住我握着母亲的手的欢喜了!哭女儿,哭女儿的爸爸。

新年过了三天,我第一次打开后门望望——小松两

弟兄也正在他门口,帽子,鞋子,马褂,都鲜艳夺目,赛过了我家同李家新贴的红纸对联。哥哥交道弟弟放洋枪;我捱近去:

"六——么娃也会吗?"

小松立刻帮着装子弹,立刻是火柴一般的光响,——这便是到我写这篇文章为止,小松,么娃给我最后的印像了。

一九二三,十二,七,脱稿。

初 恋

我那时是"高等官小学堂"的学生,在乡里算是不容易攀上的资格,然而还是跟着祖母跑东跑西,——这自然是由于祖母的疼爱,而我"年少登科",也很可以明白的看出了。

我一见他就爱,祖母说"银姐",就喊"银姐";银姐也立刻含笑答应,笑的时候,一边一个酒窝。

银姐的母亲是有钱的寡妇,照年纪,还不能赔着祖母进菩萨,正因为这原故,她进菩萨总要赔着祖母。头一次见我,摸摸我的脑壳:"好孩子!谁家的女婿呢?"我不是碍着祖母的面子,直要唾她不懂事:"年纪虽小,先生总是一样!"待到见了银姐,才暗自侥幸:"喜得没有出口!"

我们住在一个城圈子里,我又特别得了堂长的允许下课回来睡觉,所以同银姐时常有会面的机会。

竹林的故事

一天,我去银姐家请祖母,祖母正在那里吃午饭,观音娘娘的生期,刚刚由庵里转头。祖母问,父亲打发我来呢,还是母亲?我说,天后宫的尼姑收月米,母亲不知道往年的例。

"这算什么了不得的事呢,叫我!"

我暗自得计,坐在银姐对面的椅子上。银姐的母亲连忙吩咐银姐把刚才带回的云片糕给我,拿回去分弟弟。我慢慢的伸手接着,银姐的手缓缓的离开我,那手腕简直同塘里挖起来的嫩藕一般。

银姐的母亲往天井取浴盆,我装着瞧一瞧街的势子走出去,听得泼水的声响又走进来,银姐的母亲正在同祖母咕哝:"人家蠢笨的,那知道这些躲避!"我几乎忍不住笑了,同时也探得了她们的确实的意见:阿焱还是一个娃娃。

早饭之后,我跑进银姐的家,银姐一个人靠着堂屋里八只手,脚踏莲花的画像前面的长几做针黹。我好像真个不知道:

"我的祖母在不在这里呢?"

"同妈妈在后房谈话。"银姐很和气的答着。

话正谈得高兴,祖母车转头:"啊,今天是礼拜。"银姐的母亲也偏头呼喊一声:"银儿,引哥儿到后院打桑葚。"

后院有一棵桑树，红的葚，紫的葚，天上星那样丛密着。银姐拿起晾衣的竹竿一下一下的打，身子便随着竿子一下一下的湾；硼硼的落在地上，银姐的眼睛矍矍的忙个不开：

"拣！焱哥哥！"

只有"焱哥哥"到我的耳朵更清脆，更回旋，仿佛今天才被人这样称呼着。

我蹲下去拣那大而紫的了。"用什么装呢？"一手牵着长衫的一角……

"行不得！涂坏了衣服！"

荷包里掏出小小的白手帕递过我了。

中元节是我最忙的日子，邻舍同附近的同族都来请我写包袱。现在，又添了银姐一家了。远远望见我来，银姐的母亲笑嘻嘻的站在门口迎接着（她对于我好像真是疼爱，我也渐渐不当她是泛泛的婆子），仿佛经过相公的手，鬼拿去也更值钱些。墨同砚池都是银姐平素用来画花样的；笔，我自己早带在荷包；说声"水"，盛过香粉的玻璃瓶，早放在我的面前了。

"好一个水瓶！送给我不呢？"

"多着哩，只怕哥儿不要。"银姐的母亲忙帮着答应。随又坐在椅子上拍鞋灰："上街有事，就回。"

"哈哈！这屋子里将只有我同银姐两个了！"

屋子里只有我同银姐两个了，银姐而且就在我的身旁，写好了的包袱她搬过去，没有写的又搬过来。我不知怎的打不开眼睛，仿佛太阳光对着我射！而且不是坐在地下，是浮在天上！挣扎着偏头一觑，正觑在银姐的面庞！——这面庞呵，——我呵，我是一只鸟，越飞越小，小到只有一颗黑点，看不见了，消融于大空之中了……

我照着簿子写下去，平素在学堂里竞争第一，也没有今天这样起劲。并不完全因为银姐的原故，包袱封裹得十分匀净（大约也是银姐的工作罢），笔也是一枝新的，还只替自己家同一位堂婶子写过，——那时嫌太新，不合式。写到：

故显考……冥中受用

孝女……化袱上荐

我迟疑了：我的祖父是父亲名字荐，我的死去了的堂叔是堂兄名字荐,都是"孝男",那里有什么"孝女"呢?——其实……"故曾祖","故祖"底下,又何尝不是……"孝曾孙女","孝孙女"?

我写给我的祖父,总私自照规定的数目多写几个,现在便也探一探银姐的意见:

"再是写给你的爸爸了。"

银姐突然把腰一伸,双手按住正在搬过来的一堆:

"哪,——簿子上是什么记号呢?"

"八。"

"十二罢。"

银姐的母亲已经走进门来了。买回半斤蜜枣,两斤蛋糕,撒开铺在我的面前。银姐立刻是一杯茶,也掏枚蜜枣放在自己的口里:

"妈妈,来罢!不吃,焱哥哥也不吃。"

有月亮的晚上,我同银姐,还杂着别的女孩,聚在银姐的门口玩。她们以为我会讲洋话,见了星也是问,见了蝙蝠也是问,"这叫什么呢?"其实我记得清楚的,只不过wife,girl,……之类,然而也不能不勉强答应,反正她们是一个不懂。各人的母亲唤回各人的女儿了,剩下的只有我同银姐(银姐的母亲知道在自己门口;我跟祖母来,自然也跟祖母去),我的脚指才舒舒的踏地,不然,真要钩断了:"还不滚!"银姐坐在石阶的上级,我站在比银姐低一级;银姐望天河,我望银姐的下巴。我想说一句话,说到口边却又吞进去了。

"七月初八那一日,我大早起来望鸦鹊,果然有一只集在桑树……"

"羽毛蓬乱些不呢?"

"就是看这哩。倒不见得。"

"银姐!……"

"怎么?"

"我——我们两个斗嘴……"

"呸!下流!"

我羞到没有地方躲藏了。

这回我牵着祖母回家,心里憧憧不安:"该不告诉妈妈罢?"——倘在平时,"赶快!赶快把今天过完,就是明天!"

这已经是十年的间隔了:我结婚后第一次回乡,会见的祖母,只有设在堂屋里的灵位;"奶奶病愈勿念",乃是家人对于千里外的爱孙的瞒词。妻告诉我,一位五十岁的婆婆,比姑妈还要哭的利害,哭完了又来看新娘,跟着的是一位嫂嫂模样的姐儿,拿了放在几上的我的相片:"这是焱哥哥吗?"

"啊……"

一九二三,十二,十,脱稿。

阿　妹

　　阿妹的死，到现在已经是四年前的事了，今天忽然又浮上心头，排遣不开。

　　冬天的早晨，天还没有亮，我同三弟就醒了瞌睡，三弟用指头在我的脚胫上画字，我从这头默着画数猜，阿妹也在隔一道壁的被笼里画眉般的叫唱："几个哥哥呢？三个。几个姐姐呢？姐姐在人家。自己呢？自己只有一个。"母亲搂着阿妹舐，我们从这边也听得清楚。阿妹又同母亲合唱："爹爹，奶痛头生子；爷和娘痛断肠儿。"我起床总早些，衣还没有扣好，一声不响的蹲在母亲的床头，轻轻的敲着床柱；母亲道："猫呀！"阿妹紧缩在母亲的怀里，眼光灼灼的望着被，——这时我已伸起头来，瞧见了我，又笑闭眼睛向母亲一贴，怕我撕痒。

　　阿妹的降生，是民国元年六月三十日；名字就叫做莲。那时我的外祖母还健在；母亲已经是四十五岁的婆婆了，一向又多病，挣扎着承担一份家务，——父亲同两叔叔没有分家，直到阿妹五岁的时候。听说是女孩，外祖母急急忙忙跑上街来，坐在母亲的床沿，说着已经托付收鸡蛋的石奶奶在离城不远的地方探听了一个木匠家要抱养孩子做媳妇的话。母亲也满口称是，不过声音没有外祖母那样宏大，——怎宏大得起来呢？我慌了，两只眼睛亮晶晶的望着外祖母；外祖母也就看出了我的心事："那边的爹爹说也是教蒙书的哩！"我的妹妹要做木匠的媳妇，自然是使我伤心的重要原因，然而穿衣吃饭不同我在一块，就是皇帝家宰相家，我也以为比我受苦，何况教蒙书，——至多不过同我的先生一样，而且说是爹爹，则爸爸可想而知了。外祖母把我当了一个大人，我的抗议将要影响于她的计画似的，极力同我诘难，最后很气忿的说一句："那么，阿母是劳不得的，尿片请你洗！"我也连忙答应："洗！洗！"

这天晚上我上床睡觉，有好大一会没有闭眼。这木匠我好像很熟，曾经到过他的村庄；在一块很大的野原——原上有坟。坟头有嵌着二龙抢珠的石碑——放着许多许多的牛，牧童就是阿妹，起初阿妹是背着我来的方向坐在石碑下抠土，一面还用很细很细的声音唱歌，听见我的衣服的擦擦,掉转头来看,一看是我,赶忙跑来伏在我的兜里,放声大哭,告诉我,褂子是姐姐在家不要的纱绿布做的,木头上刨下的皮,她用来卷喇叭,姑姑打她,说她不拿到灶里当柴烧。我说:"我引你回去,不要哭。"然而我自己……

"焱儿!焱儿!妈妈在这里!"

我的枕头都湿了。

其实我只要推论一下,外祖母的计划是万万不行的:爸爸在学务局办事,怎能同木匠做亲家呢?有饭吃的把女儿给人家抱养,没有饭吃的将怎样呢?外祖母没有瞧见母亲怀里的阿妹罢了,第三天抱出来拜送子娘娘,那由得外祖母不爱呢?

然而我同阿妹都因此吃了不少的亏。我有什么向母亲吵,母亲发恼:"还说你洗片!"我也就不作声了。阿妹有什么向母亲吵,母亲发恼:"当初该信家婆的话,送把木匠!"阿妹也就惧怕了。

我的祖父不大疼爱我的母亲,母亲生下来的孩子,也都不及婶娘的见爱。比阿妹大两岁的,有三婶娘的阿八,小一岁的有阿九,每天清早起来,祖父给阿八,阿九买油条,正午买包子;一回一人虽只一个,三百六十日却不少一回。阿妹呢，仿佛没有这么一个孩子，——说因为女儿罢，二婶娘的阿菊，比无论那一个孩子也看得贵，现在是十五岁的姑娘了，买包子总要照定额加倍。阿妹有时起得早，无意走出大门，卖油条的老吴正在递给阿八同阿九，告诉祖父道（祖父的眼睛模糊得看不清人）："阿莲也站在这里哩。"阿妹连忙含笑答应："我不欢喜带油气的杂粮。"随又低头走进门了。

祖父欢喜抱孩子游街，右手抱了一个，左手还要牵。吃过早饭，阿妹同阿八，阿九在院子里玩，把沙子瓦片聚拢一堆做饭；做得懒做的时候，祖父自然而然的好像是规定的功课走了出来，怀抱里不消说是阿九，牵着的便是阿八。阿妹拍拍垃圾，歌唱一般的说得十分好听："爹爹呵，抱阿九抱到城外，城外有野猫。"祖父倘若给一个回答："是呵，阿九怪吵人的！"阿妹真不知怎样高兴哩。阿妹这时只不过四岁。

驯良的阿妹，那有同阿八，阿九开衅的事呢？然而同阿八吵架，祖父说："阿八是忠厚的，一定是阿莲不是！"同阿九吵架，祖父又说："阿九是弟弟，便是抓了一下，阿莲也该让！"阿妹只得含一包眼泪走到母亲那里去，见了母亲便呜呜咽咽哭起来了。母亲问清了原因："这算什么了不得的事呢？值得哭！"阿妹的眼泪是再多没有的，哭起来了不容易叫她不哭，自己也知道不哭的好，然而还是一滴一滴往下吊；母亲眉毛眼睛皱成一团，手指着堂屋，意思是说："爹爹听见了，又埋怨阿母娇养！"

　　我第一次从省城回乡过年，阿妹也第一次离开母亲到外祖母家去了。到家第二天，我要去引回阿妹；母亲说："也好，给家婆看看，在外方还长得好些。"阿妹见了我，不知怎的又是哭！瓜子模样的眼睛，皱裂的两颊红得像点了胭脂一般，至今犹映在我脑里。外祖母连忙拉在怀，用手替她揩眼泪："乖乖儿，那有这样呆呢？阿哥回了，多么欢喜的事！"接着又告诉我："这个孩子也不合伴，那个孩子也不合伴，终日只跟着我，我到菜园，也到菜园。"当天下午，我同阿妹回家，外祖母也一路上坝，拿着包好了的染红的鸡蛋，说是各房舅母送把阿莲的，快要下坝了，才递交我："阿莲呵，拜年再同阿哥来"，抚着阿妹不肯放。阿妹前走，我跟着慢慢的跑；转过树丛就是大路了，掉头一望，外祖母还站在那里，见了我们望，又把手向前一招。由外祖母家上街，三里路还不足，我闭眼也摸索得到。我同哥哥姐姐，从小都是赶也赶不回，阿妹只住过这一趟。后来母亲哭外祖母,总连带着哭阿妹:"一个真心的奶奶,儿呵,你知道去亲近罢。"

阿妹从周岁便患耳漏,随后也信了乡间医生的许多方药,都不曾见效。父亲每天令三弟写一张大字,到了晚上,阿妹就把这天的字纸要了来,交给母亲替她绞耳脓。阿哥们说:"滚开罢!怪臭的!"她偏偏捱拢来;倘若是外人,你便再请她,她也不去。

在阿妹自己看来,七年的人世,感到大大的苦恼,就在这耳朵。至于"死",——奇怪,阿妹很小很小的时候,就知道这件事,——仿佛,确实如此,很欣然的去接近,倘若他来。母亲有时同她谈笑:

"阿莲,算命先生说你打不过三,六,九。"

"打不过无非是死。"

"死了你不怕吗?"

"怕什么呢。"

"你一个人睡在山上,下雨下雪都是这样睡。"

阿妹愕然无以对了。

有一天晚上,我们大家坐在母亲房里,我开始道:

"阿莲,省城有洋人,什么病也会诊,带你去诊耳朵好不好呢?"

竹林的故事

女孩子那里会上省呢？聪明的阿妹，自然知道是说来开玩笑的，然而母亲装着很郑重的神气：

"只要诊得好，就去。爸爸是肯把钱的。"

"怎么睡觉呢？"三弟说。

"就同焱哥。"阿妹突然大声的说。

我们大家哈哈的大笑，阿妹羞得伏在母亲兜里咬衣服了。

阿妹呵，阿哥想到这里，真不知怎样哭哩。

谈到我自己，唉，六岁的时候，一病几乎不起，父亲正是壮年，终日替公家办事，母亲一个人，忙了厨房，又跑到房来守着我。现在阿妹的死，总括一句，又是为了我的原故了。

五年的中学光阴，三年半是病，最后的春秋两季，完全住在家。母亲的忧愁，似乎还不及父亲。父亲的正言厉色，谁也怕敢亲近；见了我，声音变小了，而且微笑着。母亲牵着阿妹从外回来，"人都说阿莲一天一天的憔悴了哩"，父亲那里能够听见呢？母亲说说也就算了。阿妹的眼泪，比从前更多，动不动就哭，又怕父亲发恼，便总说腹痛，——倘若真是腹痛，为什么哭完了痛也完了呢？我的父亲向来不打我们，我们使得他恼，从脸色可以看得出来,好像天上布满了乌云;——自然,这比打还利害,打了我们哭,哭了什么也没有了,关在心里害怕,是多么难过。父亲的恼,并不问我们有理无理;自己不顺畅,我们一点触犯,便是炮燃了引,立刻爆发。一天,母亲呼唤阿妹吃午饭,阿妹为了什么正在那里哭;母亲说(母亲也是怕父亲的):"阿莲那孩子又是腹痛!"父亲一心扒饭,我的脚指钩断了:"阿莲,不哭了罢!"阿妹慢慢走来了,眼角虽然很红,眼泪是没有的,我便安心的吃。阿妹扒不上两口,又在吊眼泪!我首先睄见,——父亲也立刻睄见了!阿妹瞄一瞄父亲,不哭却大哭。父亲把筷子一挞,拉阿妹到院子里毒热的太阳底下,阿妹简直是剥了皮的虾蟆,晒得只管跳。末了还是二姑母从婶娘那边来牵过去。

　　阿妹失掉了从前的活泼,那是很明显的。母亲问:"不舒服吗?"她却说不出那里不舒服:"怎不同阿八,阿九一路去玩呢?"她又很窘的答应:"不要玩也要我玩!"是正午,母亲把藤椅搬到堂屋,叫我就在那里躺着,比较的凉快。我忽然想吃梨子了,母亲一时喊不出人来去买,两眼望着阿妹,阿妹不现得欢笑,但也不辞烦,从母亲掌里接下铜子。我以为一手拿一个,再轻便没有的事,便也让阿妹去了。阿妹穿一件背褡,母亲还给一把芭扇遮太阳;去走后门——后门到街近些,回来却是进前门,正对我躺着的方向,刚进门槛的时候,那只脚格外踏得重,扇子也从头上垂下来。梨子递过我,吁吁的坐在竹榻,要哭不哭,很是难过的神气。母亲埋怨:"谁叫你近不走走远呢?"阿妹的眼泪经这样一催,不住的往下滚了,而且盛气的嚷着:"后门坦里都是太阳!前街靠墙走,不晒人些!"

阿妹这时,明明是痨病初萌,见了太阳,五心烦燥了。

阿妹渐渐好睡。母亲吃完饭,到客房来陪我坐:"阿莲那孩子又去睡了罢?"走去看,果然倒在床上。母亲埋怨:"刚刚吃过饭!再叫腹痛,是没有人管的!"阿妹并不答应。母亲轻轻用手打她,突然很惊讶的一声:"这孩子的脚是那有这么光!肿了吗?……乖乖儿,起来!"阿妹这才得了申诉似的慢慢翻着身子,让母亲摸她的脚。

父亲引来了医生给我看脉,母亲牵着阿妹向父亲道:"阿莲怕也要请先生睄睄。"父亲眉毛一皱:"真真多事!""可不是玩的!看她的脚!"母亲又很窘的说。医生反做了调人:"看看不妨。"父亲也就不作声了。我们当时都把这位医生当作救星,其实阿妹的病一天沉重一天,未必不是吃坏了他的药。他说阿妹是疟疾;母亲说:"不错,时常也说冷的。"七岁的阿妹,自然是任人摆布,而且很有几分高兴;药端在她的面前,一口气吞下去,并不同我一样,还要母亲守着喝干净。傍晚,我们都在院子里乘凉,父亲提两包药回来,我看了很觉得父亲可怜,妒忌似的觑着阿妹:"这也赶伴儿!"阿妹把头向我一偏,又是要哭的神气:"就只替你诊!"待到母亲说她:"多么怜悧的孩子,玩笑也不知道",果然低头吊了两颗眼泪了。

憔悴的阿妹,渐渐肿得像刮过了毛又粗又亮的猪儿一般;然而我并不以为这样就会死的,晚上睡觉,心想:"明天清早起来,总细小的多。"父亲趁着阿妹一个人躺在床上的时候,跑进房来探望;母亲差不多终日守在旁边,——现在有了嫂子照料厨房的事了。阿妹的食量并不减少,天气又非常热,所以也间或走到客房坐坐。我看了阿妹从门槛这边跨到那边,转过身来不出声的哭;哭了,自己的患处也更加疼痛,虽也勉强镇静下去,然而瞒不过父亲,吃饭的时候,一面吃,一面对着我端详。

那天间壁祠堂做雷公会,打鼓放炮,把阿八,阿九

竹林的故事

都招进去了。阿妹向来就不大赶热闹,现在那里还想到出去玩的事?然而父亲再三要母亲引阿妹去。父亲的意思,我是知道的,走动一下,血脉也许流通些。我望着阿妹走也走不动的样子,暗地里又在哭,——却没有想到阿妹走到大门口突然尖锐的喊叫起来了!门槛再也跨不过去,母亲说抱,刚刚搂着,又叫身子疼。这是阿妹最后一次到大门口了。

母亲到了不得了的时候,总是虔心信托菩萨,叮咛阿妹一声:"儿呵,我去求斗姥娘娘,一定会好的!"便一个人匆匆走出城。父亲也想他的救济方法去了。哥哥虽然放假回家,恰巧同嫂嫂回到嫂嫂的娘家。留在家里陪阿妹的,只有三弟同我。阿妹的眼睛老是闭着,听了堂屋的脚步声才张开,张到顶大也只是一条缝。

"妈妈还不回!"

"要什么呢?我给你拿。"三弟伏在床沿说。

"不要什么。"阿妹又很平和的答着。

父亲进房来了。我从向着天井的那门走出去,站在堂屋里哭。三弟也由后廊折进来,一面用手揩眼泪。

母亲回头了。

菩萨的药还在炉子上煎,阿妹并不等候,永远永远的同我们分别了。过三天,要在平常,就是我们替她做生的日期。

人们哄哄的把阿妹扛走了。屋子里非常寂静,地下一块块残剩的石灰,印着横的直的许多草鞋的痕迹。父亲四处找我,我站在后院劈柴堆的旁边;找着了,又唤三弟一齐跟着二姑母到二姑母家去,——二姑母就住在北门。二姑母留我们吃午饭,我偷偷的跑了,三弟随后也追了来。我们站在城墙根的空坦上,我说:

"黄昏时分,要给妹妹送乳,你到篾匠店买一个竹筒,随便请那一位婶子,只要有,挤一点乳盛着,我们再湾到舅母家去,请舅母叫人纽一捆稻草做烟把,然后上山。"

"现在回家去不呢?"

我已望见沿城的巷子里走来一个人:"那不是泉哥吗?"果然是阿姐得了消息打发泉哥上街来了。我同三弟好像阿妹再生一样的欢喜着,欢喜得哭了。三弟牵着泉哥回家。我们有话再可以向泉哥讲;父亲再也可以躺在椅子上歇一歇;接连三夜,阿妹在山上吃的,喝的,照亮的,也都是泉哥一手安置的了。

头几天,父亲比母亲更现得失神;到后来,母亲却几乎入魔了:见了阿九拉着,见了阿九的更小的妹妹也拉着:"你知道阿莲到那里去了不呢?"意思是,小孩子无意间的话,可以泄露出阿妹的灵魂究竟何在。阿九说:"在山上,我引伯母去。"阿九的妹妹连话也听不懂,瞪着眼睛只摆头。洗衣婆婆的女孩每天下午送衣来,母亲又抱在怀里不肯放;阿妹的衣服,一件一件的给她穿,有一件丝布绵袍,阿妹只穿着过一个新年,也清检出来,说交给那孩子穿来拜年;三弟埋怨:"这不比那破衲的!拜年!中秋还没有过哩!"

阿妹死后第四十九日,父亲一早起来买半块纸钱,吃过饭,话也不讲,带着三弟一路往山上去。回来,我问三弟,在山顶呢,还是在山中间?三弟说,在山顶的顶上,站在那里,望得见城墙,间壁祠堂的垛子,也可以望得清楚。还告诉我,他点燃了纸钱跪下去作揖,父亲说用不着作揖,作揖也不必跪。又说,他哭,父亲不哭,只说着"阿莲呵,保佑你的焱哥病好"的话,——我全身冷得打颤了。

我至今未到阿妹的坟前,听说母亲嘱泉哥搬了一块砖立在坟头,上面的镌字是三弟写的。

一九二三,十二,十八,脱稿。

火神庙的和尚

金喜现在已经是六十岁的和尚了，王四爹的眼睛里恐怕还是那赤脚癞头一日要挑二十四担水灌园的沙弥哩，——这位老爹，三十年前就不大看得清楚人。

金喜第一次在街上出现，就是拄一根棍子站在王四爹门口，给王四爹的狗拣那裤子遮掩不到的地方咬去了一块肉，王四爹可怜他，才把他荐到火神庙做徒弟。

冬天，吃过早饭，王四爹照常牵一大群孙子走来庙门口晒太阳，几十步以外就喊金喜，金喜也啊的一声跑将出迎接。金喜见了王四爹，小到同王四爹的孙子一般小了："爹爹，孩儿的面庞一点也看不见吗？"可惜王四爹实在是看不见，金喜的嘴巴笑张得塞得下一个拳头。

王四爹有时倒在椅子上睡午觉，小猴儿们抓胡子的抓胡子，牵长褂角的牵长褂角，非把老爹吵得站起来，不肯放手；站起来了，猴儿们就算不再吵，王四爹自己也是要走的了。金喜从楼上硼憧硼憧的下来,一个孩子塞一掌五香糖豆,这却喜得王四爹看不见,不然,孩子会哭,金喜的面子也要扫一层光:豆子霉得长了许多的绿斑斑!——王四爹不怕他的孙子吃下去坏肚子吗?然而金喜总不能不说是一番苦心:从正月初一起,有人上庙许愿,买给菩萨面前的贡果,都一碟一碟的攒积在罐头。

金喜上街割肉,一年也有三回,都是割给王四爹煨汤的。要在别个,一定免不了屠户的盘问:"和尚吃荤呵!"——屠户也并非关心风化,这样一恐吓,可以多搭几块骨头罢了。然而金喜,谁也敬重他的修行,把钱交货,提在手上撞过正街。

王四爹是决不让金喜空篮转头的:端午,中秋装些糯米粑;年节,粑不算,还要包一大包炒米。金喜万万想不到这许多的回礼,而且照他的意见,这在来世都是偿还不清的债,——拿回到窗户底下睄了一睄,却又等耐不得平素煮饭的时分了。大米饭,一餐五海碗;粑,今天完了明天没有,节省一点也要十二个。炒米无论如何不肯尝,像那盛着五香糖豆的罐头,楼上共是三四罐,一罐便是炒米。

霉雨时节,腰背酸疼,金喜一个人躺睡在床上;

虽也明知道吃了当年挑水的亏，然而不敢这样想，这样想便是追怨师父，罪过。楼上唧吱唧吱的响。"老鼠！又是老鼠！小女那个贱东西，整日不在家，白白的买鱼㧱吃！"庙里有一匹女猫，——这也是金喜的一番苦心，女猫下儿，邻舍的，尤其是王四爹的猫不见了，捉一匹去，多么方便，——名字叫做小女，吃饭，除了菩萨她当先，肚子满了又出去，不是找男猫，便是探听猫儿在那一家给他们哺乳。金喜闭着眼睛翻来翻去，最后还是翻起来踏上楼看一看。果然，罐头都没有以前密合。伸手摸炒米："浅了好些哩！"搂下楼来，橱柜里拿出升筒量着："足足要少半升！"一面量，一面抓一把到嘴，——这天中午便用不着煮饭，咀嚼着如同破絮一般的炒米，就算少了，也有四升半，另外还有泥壶里一满壶茶。

终日伴着金喜的，菩萨之外只有小宝——金喜的狗。小宝也并不是不出去逛，听了金喜的一声唤，立刻又摇头摆尾的窜到金喜的面前。庙门口时常聚着许多狗打架，小宝也羼在里面，然而他老是吠出金喜来帮忙。金喜向着别的狗掷一块石头，同时也给小宝一顿骂；倘若是小宝嗅着别的狗的尾巴，那便先掷小宝，再把被嗅的狗仔细一端详，随后遇见了，就拣起石头来掷，不准拢到庙的近旁。有时正在煮饭，听见门口打狗的喧闹，以为又是那油榨房放牛的小家伙在欺小宝，然而非得滤完了米不能够出来，——出来却是小宝同那一匹狗在那里屁股捱屁股！一群放学的孩子，有的拍掌喝采，有的拿着竹篙当着两个屁股中间斫。小宝见了金喜，越是吠得利害，然而金喜那里还来帮忙，从孩子的手上接过竹篙，——两个屁股却已分开一溜烟跑了。

六月天，个个狗生虱，小宝蓬得像狮子一样的毛发虽也稀疏了不少，然而光泽，这就因为小宝也天天洗澡。出庙是坦，临坦是城墙，墙那边横着一条小河。太阳西斜到树梢了，金喜穿一双草鞋，捏一把芭扇；小宝飞奔在前面，颈上的铜铃，叮叮的，一跑跑到河沿，金喜还落后好远，便又跑转头来。金喜站在河中间，对着岸上的小宝招；小宝前两只脚伏地，后两只随着尾巴不移地的跳，金喜催一声快，已经跳下了水，仅仅现出来一个黑脑壳。金喜把芭扇插在背后的裤腰，从荷包里掏出篦子，一下一下的替小宝梳：小宝偶然一动弹，喷得金喜满脸是水，金喜喝他一声，再动便是一巴掌。

金喜自己也洗完了澡，端条板凳坐在门口乘凉；小宝尾巴垫着后腿，伸出舌头来吁吁的喘气。那油榨房的牛都在沿着城根吃草；放牛的是两个十四五岁的顽皮孩子，刚刚从城门洞的石条上醒了瞌睡，预备牵牛回家，见了小宝，迎面就是一块石头。金喜很叹惜似的骂道："老板请了你们，没有不倒霉的！牛老放在一个地方，那里有这些草吃？"其中一个，一面解散缠在牛头上的索，一面唱山歌："和尚头，光流流，烧开水，泡和尚的头。"接着又喊："师父不要见怪，我是说我的这个癞头。"那一个确乎光得一根头毛也没有。金喜依然是关在心里叹惜，小宝却已气愤愤的打上阵了。

金喜自己每天也要进四次香。第一次是贡水给菩萨洗脸；二次三次，早午贡饭；最后一次，便是现在这黄昏时分请菩萨睡觉。像这六月炎天，皂布道袍，袖子抛到地下，也一个个扣子扣好；袜却不穿，因为师父曾经教过他，赤脚可以见佛。有时正在作揖，邻近的婆子从门口喊道："师父！我的鸡窜到你的菜园没有？——怎的，今天上埘少了一只！"金喜好像没有听见似的，跪了又爬起来，爬起来又跪；脱下了袍子，才盛气的啐她一顿："进香也比别的！打岔！"

天上是许多星；夜风吹布草气息，夹着些微的湿意；野坂里虾蟆的叫声，如同水泡翻腾腾的，分不清这个和那个的界线；城门洞横着四五张竹榻，都是做工的伙计特为来赶凉快。只有金喜，拜了菩萨就关在家给蚊子咬，然而到现在已经是二十年的习惯了。

二十年前，正是这样一个晚上，还添了一轮月亮，不过没有小宝。坦，望去好像是一大块青苔，金喜坐在上面，脑壳湾到膝头——幽幽几阵风吹得入睡了。忽然一仰，眼睛也就一张开，——"那不是两个人吗？"是的，一个面着城墙，黑头白身，还正在讲话，女人的声音！那一个似乎是赤膊，下身也是白的。金喜明白了，左望不是，右望也不是；抬头，一片青天，点缀着几朵浮云，——好大的镜子呵！一，两，不是他们的倒像吗？金喜头上也有一朵哩。月亮已经射不过屋顶，坐的又是矮凳，远远看来，一只没有归窠的狗，然而金喜以为他将惊动他们了，伏到地上同草一样高才好。白的动了，——远了，——消融于月色之中了……

"就算他们不知道是我，我不已经看见了他们吗？……十年的修行！……坏种！那里不准你们到！到庙门口！"

金喜三十年接不了一个徒弟。两枝一斤的蜡烛，前后化费了四五对,菩萨面前红光闪闪的替他们落发,待到缝了满身新衣(来的时候只有一身皮),人走了,大菩萨脚下的小铜菩萨也跟着一齐失踪。一天,王四爹很怜恤的说道:"年几现在也不小,——倘若有一个不测,难道靠小宝报信不成?请个老头子做做伴儿。"这一段话,正中了金喜的心坎;自己好久就像有话要向王四爹讲,讲到别的事件头上又忘记了。

"还是爹爹替孩儿想得周到。文公祠的老张听说辞退了,把他请来,他横竖是闲着,料也只要一碗饭吃。"

第二天下午老张进庙了,六十八岁的胡子,识得一满肚子字,带来的一床被,一口篾箱,箱子里几件换洗衣服同四五本歌本。

金喜为了"字",曾经吃苦不少。庙里平素的进款,全在乎抽签;签上从一到百的号码,当年烦了王四爹的大相公坐教了三天,自己又一天一天的实习下去,可以说是一见便知了,然而乡下的妇人接了签还要请师父念;不会念,在金喜固然不算是失了体面,二十文大钱却来得慢的多了。现在,有了老张,不请他,他也要高声的诵给你听,金喜真不知怎样的欢喜。

金喜的旧例:那天的进款超过一百五十,那天中午饱吃一顿豆腐。火神不比城隍主宰，东岳大帝广于招来，金喜每月吃豆腐的机会，靠的也就只有朔望两日了。添了老张，发签自然更快，抽签的却不见更多，要想两个肚子都饱，豆腐里面不得不和着白菜——，白菜只用拿刀到菜园去割。热气勃勃的一大钵端在桌上，金喜一手是匙，一手是筯，围抱着好像一个箩圈，占去了桌子的一半。"张爹，请！"剩下的只有汤了，还没有看见老张请，金喜这才偏头一瞥：眼睛望钵，嘴唇打皱，两只手不住的贴着裤子只管抓！

"张爹！你怎的？——长疮吗？"

老张不长疮，金喜那能够一个人吃一钵豆腐？豆腐已经完了，却又虑到长了疮不会做事，——老张在文公祠革职，原因就是不会做事。

老张的不会做事，一天一天的现露出来了。桶子的米，比以前浅得更快；房子好像也更小，动不动鼻子撞鼻子；——另外有什么好处呢？

金喜天光起床，——老张还正在被笼里抓痒——打开大门，暗黑的佛殿，除了神座，立刻都涂上一层白光；要在平时，首先是把天井里的炮壳打扫得干净，然后烧一壶开水，自己洗了脸，端一杯贡菩萨，——现在，从门口到厨房，从厨房到菜园，焦闷得脑壳也在痒，声音却勉强舒徐着：

"张爹，卖菜的一个个都进了城门。"

"这么早那就有人买？"

"这么早！——你倒底起来不起来？"

"啊，我，起来了。"

"起来，怎么不出来呢？"

其实金喜索性自己动手的好，——那一件又不是自己重新动手呢？扫地，简直是在地上写"飞白"；烧柴，金喜预备两餐的，一餐还不够；挑水回来，扁担没有放手，裤子已经扯起来了。

然而老张的长处依然不能埋没。这是四月天气，乡下人忙，庙里却最清闲。老张坐在灶门口石条上，十个指甲像是宰了牲口一般，鲜血点点的；忽然想起替代的方法了，手把裤子一擦，打开箧箱，拿出一本歌本，又坐下石条，用了与年纪不相称的响亮的声音慢慢往下唱。金喜正在栽午觉，睡眼朦胧的：

"张爹！有人抽签哪？"

"抽签！——几时抽了这么多的签？"

"你念什么呢？"

"歌本。"

"啊，歌本。——拿到这边来，我也听听。"

老张没有唱，也不是起身往金喜那边去，不转眼的对着歌本的封面看；慢慢说一句：

"这个——你不欢喜。"

"醒醒瞌睡。"

接着又没有听见老张的声音。金喜的瞌睡飞跑了，盛气的窜到灶门口：

"我识不得字，——难道懂也不懂吗？"

老张就是怕的金喜懂；他唱的是一本《杀子报》，箱子里的也都不合式，曾经有一本《韩湘子》，给文公祠的和尚留着了。

金喜接二连三的说了许多愤话，老张恼了，手指着画像：

"你看！你看！寡妇偷和尚，自己的儿子也不要！"

中秋前三天，东城大火。没有烧的人家不用说，烧了的也还要上庙安神；有的自己带香烛，有的把钱折算。老张经手的，都记在簿子上，当晚报给金喜听；金喜也暗自盘计，算是没有瞒昧的情事。这回上街割肉，比平素多割半斤，酒也打了四两，拿回来伸在老张的面前：

"张爹，老年人皮枯，煨点汤喝喝。——这个，我也来得一杯。"说着指着酒壶。

老张的疮早已好了；然而抓，依然不能免，白的粉末代替鲜红的血罢了。汤还煨在炉子上，似乎已经奏了效，——不然，是那有这么多的涎呢？

喝完了酒，两人兴高彩烈的谈到三更。上床的时候，金喜再三嘱咐："要仔细园里的壶卢！街上的风俗，八月十五夜偷菜，名之曰'摸秋'，是不能算贼的。"老张连声称是，"那怕他是孙悟空，也没有这大的本领！"

金喜毕竟放心不下，越睡越醒。老张不知怎的，反大抓而特抓："难道汤都屙到粪缸里去了不成？"然而一闭眼，立刻呼呼的打起鼾来了。金喜在这边听得清清楚楚，"张爹"喊了几十声，然而掩不过鼾声的大。最后，小宝从天井里答应；接着是板门的打开，园墙石块的倒坍。金喜使尽生平的气力昂头一叱咤！园外回了一阵笑："好大！真真大！"

庙前，庙后，慢的，快的许多脚步，一齐作响，——渐渐静寂了，只有金喜的耳朵里还在回旋，好像一块石头摔在塘里，憧的一声之后，水面不住的起皱。金喜咕噜咕噜的捱到架下，——预备做种的几个大的，一个也不给留着！金喜顿时好像跌下了深坑，忽然又气愤的掉转身，回到屋子里问谁赔偿似的。什么绊住脚了！一踢，一个大壶卢！——难道是有意遗漏，留待明年再摸吗？又白，又圆！金喜简直不相信是真的，抬头望一望月亮。

金喜一手抱壶卢，一手拚命的把板门一关。老张这时也打开了眼睛：

"谁呀？"

中秋夜的一顿肉，便是老张在火神庙最后的一顿饭了。

然而金喜的故事，也就结束在这一个壶卢。

这一个壶卢，金喜拿来做三桩用处：煮了一钵，留了一包种子，壶卢壳切成两个瓢。这两个瓢一直晒到十月，然后抱上楼收检，一面踏楼梯，一面骂老张，骂摸秋的王八蛋。

骂声已经是在楼门口，——楼梯脚下突然又是谁哼呢？

没有饭吃，小女勤快的多，这里那里喵喵的叫。忠心的小宝，望见王四爹来，癫狂似的抓着王四爹的长裈，直到进了庙门。

王四爹的孙子搂着壶卢瓢出去玩。金喜抬上了床，

王四爷看不清瞳子的眼睛里吊出许多眼泪。金喜的嘴还在微微的动,仿佛是说:

"孩儿能够报答爹爹的,爹爹也给了孩儿。"

一九二三,十二,二十八,脱稿。

鹧 鸪

醒来听不见桨声,从篷里伸头一望,原来东方已经发白,四五株杨柳包围两间茅舍的船埠立在眼前了。

到家还有十五里的旱程,我跟在挑夫后面循着田塍走,两旁水田里四散着隔夜挑来的秧捆,农人也正从村里走下田来,——突然惊住我的,是远远传来的鹧鸪的声音了!我在都会地方住了近十年,每到乡间种田的季节,便想念起鹧鸪。

我还没有动身的时候,接到弟弟的来信,说近年年岁丰收,县城里举行赛会,最后一句是,"各亲戚都派代表来家"。到家,首先迎着我的是母亲同弟弟,我坐下竹榻,母亲拿着芭扇站在我的身旁,我纠住弟弟坐在我前:

"怎么一个代表也不见呢?"

弟弟发气似的:"回去了不久哩!"接着数一大串,没有一个不是姐妹的称呼,有的我仅知道名字,有的在我还是那同我拍球踢毽子的对手,现在据说也是插花傅粉大人模样。弟弟又告诉我会是赛得怎样的热闹,我暗地里笑,而且仿佛是羡念一种诗境:"这都是我当年见过的!"但我又好像寻觅什么而记忆不起,感到一点空虚,突然问道:

"柚子姐姐来了没有呢?"

"柚子姐姐——正在做新娘哩!"

我不作声。弟弟莫明其妙的瞪着眼睛对我看。母亲催我到自己的卧室去躺着休息。

我刚刚跨过门槛,芹已经站在长几旁边对了我的眼光一笑,我也一笑,而我在路上准备的许多话却一句也说不出来了。芹让下她做针黹的矮竹椅叫我坐,我也就挽住她的手坐着,这时无意间瞥到的是粉壁上悬挂的我自己画的四块画屏⋯⋯⋯⋯

"这是从那里说起!"

经了芹再三的摸抚,我才知道我是在吊眼泪,接着是白的绢帕拂到我的面上了。

"妻呵,刚才弟弟告诉我柚子妹妹正在做新娘。"

"是呵,做新娘,你缘何突如其来的发呆呢?"

"你该还记得!"我手指着壁。

"我不比你记得许多！——老是这样起头，要说的话多着哩！"

芹湾着身子娇媚的把嘴鼓着，我也抬头相觑，不觉间她的唇落在我的——我微笑了：

"'快活快活！'我适才在路上……"

我突然又觉得心伤，母亲也把芹唤去给我备早饭了。

去年冬天我曾回家一趟，母亲要我下乡给姨妈看看，而我也实在的想会一会我的柚子妹妹；姨妈是寄住在他的族人家的，我走进堂屋，张望了一会，听得里面纺线的车喔喔的响，左边渐渐走出一个四十岁上下的婆婆，我迎上前去，"请问，我的姨妈……"这婆婆瞠目不知所对，而我已望见从右角的板门探出了一只头来！我猛然一奋发，堂屋的静寂也立刻打破了：

"焱儿！原来是我的焱儿！"

"哈哈！妈妈清早打喷嚏，我就知道是有客来！"柚子妹妹出来笑成一团。

"车呢？——唉唉，这是你妈妈耽心我开不起车脚，亏了我的儿，怎么走！"

纺线的就是我的姨妈。纺车脚下一条短凳，凳上是姑娘们用的柳条盒，用了红帕子盖着。姨妈一面欢笑，一面用衣角揩眼泪,——这是我所习见的脾气;然而柚子似乎是哭过了不久的:依然孩子似的天真烂熳的笑,却又很不自在,当我无意的瞥见她的眼角。

姨妈说我来得正好,旅居在数千里外,归来不是容易事,而自己身体的羸弱也正是朝不保夕。又说,柚子平常总是念芹……

"那么,怎不上街去呢?"我突然问。

姨妈手指着柳条盒:

"她忙得连饭也不吃哩!"

柚子端了一把椅子给我坐过之后,本站在姨妈身旁,一手支着腰,一手抚着姨妈的肩膀,这时转过身把盒子拿起坐下矮凳咕噜着:

"你不打搅,早就绣完了哩!"

"真真是孩子气!你问焱哥哥我说的是不是,刚才还要……"

我一见柚子打开了盒子,知道柚子是快要出嫁了;对于姨妈"那里用不着这些装饰玩意儿,把这钱用来缝几件大布衣裳"的话,反觉得姨妈太是唠叨,加在柚子的一伙了。

最后姨妈说:

"芹姐房里悬挂的什么画儿，总是说好。"

"那容易，我一定为妹妹画得更好。"

回到家来，我心里打算，颜料要顶上的，纸不用用绢，可惜须得到外方才有，不然此刻呵冻写成，岂不早安了妹妹的心？我也一一告诉了芹，芹见我为柚子不平，笑道，"你当年笑我的哩，——其实我的倒有许多是柚子出的花样，比如那枕头上的两个柿子同如意。"接着又说，"这画也实在可爱——，那鹅被芦草衬得格外好看，那腊梅那篱芭下的鸡，……再画自然又是新鲜样儿。"

我躺在床上，这种种都浮上心来。我这回的归家，固然不专为柚子妹妹的画，有了画也实在使得我一路上更觉高兴，而谁知竟因了姨妈病笃要目睹柚子妹妹的婚事而提前了嫁期。"现在送去不呢？相隔虽只半年，怕未必还是那纺车脚下捧着柳条盒同妈妈争闹的姑娘的心情罢？"我吃过饭打开网篮清检带回的东西这样想。

晚上我们家人在院子里乘凉，钟楼上报三更，母亲才催我们去睡。我同芹常相恼悔，新婚夜匆匆混过了，以后要于久别后的团聚，在灯前月下仔细道离情；现在走进房来，忖着大家已经就睡，静静的走到阶沿，对着天井坐着。阶下一方砖地,满长青苔,两钵玉簪花在中间放着,依稀的星光可以辨出白的花来,不时一阵风吹送馥郁气息。天上的星,我越看越丛密,觉得很是不可思议。我们的话,比蟋蟀的叫声还低,芹的声音的清脆以及流水一般的说了又说,也实在赶得上蟋蟀。同时我们也在笑,不过只有各人自己才能够觉察罢了。我问道:

"我们第一次交谈,你记得吗?"

"你倒还不及我们姑娘!"

"柚……"

"不谈这个罢。"

记得正是这初夏,我同柚子都住在外祖母的家里。大人们忙庄稼去了,柚子,芹对坐在后房做针黹,各人的装线的盒子里还放着一本《女儿经》,互相挑选着背诵。房面前是篱墙围着的一方空坦,出坦便是河坝,我们从坂里回来,总是沿坝朝这里进。吃了早饭,我跟外祖母去看插秧,——在坝的中段一棵枫树下,把锄头粪铲的柄垫着坐,插秧的人不时也上来喝茶,用泥罐装着的茶三四罐,都是外祖母亲自提来的,喝完了又回去提。

坝的尽头有一家粑店,是专门卖给过路的人吃的,间或也送到外祖母的村庄来——说是外祖母的村庄,其实就是外祖母罢了。我坐在坝上,渐渐失了最初的高兴,一个一个爬在腿上的黑蚂蚁都拿来打死出气,外祖母也就看出来了,笑道:"你看,那边!"我掉转头,卖粑的婆婆顶着粑篮走来了!我才又醒了瞌睡一般,翻起身张开眼望着那婆子走来的方向。秧田里也在笑:"今天奶奶是赏我们的,哥儿没有分!"然而我知道这是戏弄我的,他们不吃这个,——一对粑还塞不了他们的嘴。

我围着粑篮吃,外祖母另拿两份递我:"送给你柚子妹妹……"说着停住了,然而我已经懂得,接着向家里跑。河里咕咚咕咚,偏头望,一队鸭子在泅水,——走近篱墙才看见芹正站在门口,卒然道:"这是你的。"芹笑接着,我却羞红了脸了。柚子也捏着针腊哈哈的笑出房门来了。

我实在不好意思抬头望柚子,柚子立刻不笑了,把针穿在褂子上,接下粑来,——这时芹走进她妈妈那边去了,柚子倚着篱墙吃粑,我拾些小石头朝河里掷,隔岸的鹧鸪叫,我也学着叫:

"'快活快活!'"

柚子笑道:

"是呼焱哥哩!听:'焱哥快活!'"

我仿佛这是非报复不可的：

"是呼柚子：'柚子快活！'"

…………

从后廊传来母亲的咳嗽，我们的暂时默默才又搅动了。我伸手合在芹的上面，彼此都有点冷意，依然静静的走进房门，灯光下映出我们的面相，觉得为什么分成了两个，更不知世界上除我们外还有人了。

一九二四年九月作。

竹林的故事

出城一条河,过河西走,坝脚下有一簇竹林,竹林里露出一重茅屋,茅屋两边都是菜园:十二年前,他们的主人是一个很和气的汉子,大家呼他老程。

那时我们是专门请一位先生在祠堂里讲《了凡纲鉴》,为得拣到这菜园来割菜,因而结识了老程,老程有一个小姑娘,非常的害羞而又爱笑,我们以后就藉了割菜来逗她玩笑。我们起初不知道她的名字,问她,她笑而不答,有一回见了老程呼"阿三",我才挽住她的手:"哈哈,三姑娘!"我们从此就呼她三姑娘。从名字看来,三姑娘应该还有姊妹或兄弟,然而我们除掉她的爸爸同妈妈,实在没有看见别的谁。

一天我们的先生不在家,我们大家聚在门口掷瓦片,老程家的捏着香纸走我们的面前过去,不一刻又望见她转来,——不笔直的循走原路,勉强带笑的湾近我们："先生！替我看看这签。"我们围着念菩萨的绝句，问道："你求的是什么呢？"她对我们诉一大串，我们才知道她的阿三头上本来还有两个姑娘，而现在只要让她有这一个，不再三朝两病的就好了。

老程除了种菜，也还打鱼卖。四五月间，霪雨之后，河里满河山水，他照例拿着摇网走到河边的一个草墩上，——这墩也就是老程家的洗衣裳的地方，因为太阳射不到这来，一边一棵树交荫着成一座天然的凉棚。水涨了，搓衣的石头沉在河底，剡现绿团团的坡，刚刚高过水面，老程老像乘着划船一般站在上面把摇网朝水里兜来兜去；倘若兜着了，那就不移地的转过身倒在挖就了的荡里，——三姑娘的小小的手掌，这时跟着她的欢跃的叫声热闹起来，一直等到碰跳碰跳好容易给捉住了，才又坐下草地望着爸爸。

流水潺潺，摇网从水里探起，一滴滴的水点打在水上，浸在水当中的枝条也冲击着查查作响。三姑娘渐渐把爸爸站在那里都忘掉了，只是不住的抠土，嘴里还低声的歌唱；头毛低到眼边，才把脑壳一扬，不觉也就瞥到那滔滔水流上的一堆白沫，顿时兴奋起来，然而立刻不见了，偏头又给树叶子遮住了，——使得眼光回复到爸爸的身上,是突然一声"阿呀!"这回是一尾大鱼!而妈妈也沿坝走来,说盐钵里的盐怕还够不了一餐饭。

老程由街转头,茅屋顶上正在冒烟,叱咤一声,躲在园里吃菜的猪飞奔的跑,——三姑娘也就出来了,老程从荷包里掏出一把大红头绳:"阿三,这个打辫好吗?"三姑娘抢在手上,一面还接下酒壶,奔向灶角里去。"留到端午扎艾呵,别糟塌了!"妈妈这样答应着,随即把酒壶伸到灶孔烫。三姑娘到房里去了一会又出来,见了妈妈抽筷子,便赶快拿出杯子——家里只有这一个,老是归三姑娘照管——站着脚送在桌上;然而老程终于还要是亲自朝中间挪一挪,然后又取出壶来。"爸爸喝酒,我吃豆腐干!"老程实在用不着下酒的菜,对着三姑娘慢慢的喝了。

三姑娘八岁的时候,就能够代替妈妈洗衣。然而绿团团的坡上,从此也不见老程的踪迹了,——这只要看竹林的那边河坝倾斜成一块平坦的上面,高耸着一个不毛的同教书先生(自然不是我们的先生)用的戒方一般模样的土堆,堆前竖着三四根只有秒梢还没有斩去的枝桠吊着被雨粘住的纸幡残片的竹竿,就可以知道是什么意义。

老程家的已经是四十岁的婆婆,就在平常,穿的衣服也都是青蓝大布，现在不过系鞋的带子也不用那水红颜色的罢了，所以并不现得十分异样。独有三姑娘的黑地绿花鞋的尖头蒙上一层白布，虽然更现得好看，却叫人看了也同三姑娘自己一样懒懒的没有话可说了。

然而那也并非是长久的情形。母子都是那样勤敏，家事的兴旺，正如这块小天地，春天来了，林里的竹子，园里的菜，都一天一天的绿得可爱。老程的死却正相反，一天比一天淡漠起来，只有鹞鹰在屋头上打圈子，妈妈呼喊女儿道："去，去看坦里放的鸡娃。"三姑娘才走到竹林那边，知道这里睡的是爸爸了。到后来，青草铺平了一切，连曾经有个爸爸这件事实几乎也没有了。

正二月间城里赛龙灯，大街小巷，真是人山人海。最多的还要算邻近各村上的女人，她们像一阵旋风，大大小小牵成一串从这街冲到那街，街上的汉子也藉这个机会撞一撞她们的奶。然而能够看得见三姑娘同三姑娘的妈妈吗？不，一回也没有看见！锣鼓喧天，惊不了她母子两个，正如惊不了栖在竹林的雀子。鸡上埘的时候，比这里更西也是住在坝下的堂嫂子们顺便也邀请一声"三姐"，三姑娘总是微笑的推辞。妈妈则极力鼓励着一路去，三姑娘送客到坝上，也跟着出来，看到底攀缠着走了不；然而别人的渐渐走得远了，自己的不还是影子一般的依在身边吗？

三姑娘的拒绝，本是很自然的，妈妈的神情反而有点莫明其妙了！用询问的眼光朝妈妈脸上一眴，——却也正在眴过来，于是又掉头望着嫂子们走去的方向：

"有什么可看？成群打阵，好像是发了疯的！"

这话本来想使妈妈热闹起来，而妈妈依然是无精打采沉着面孔。河里没有水，平沙一片，现得这坝从远远看来是蜿蜒着一条蛇，站在上面的人，更小到同一颗黑子了。由这里望过去，半圆形的城门，也低斜得快要同地面合成了一起；木桥俨然是画中见过的，而往来蠕动都在沙滩；在坝上分明数得清楚，及至到了沙滩，一转眼就失了心目中的标记，只觉得一簇簇的仿佛是远山上的树林罢了。至于咭咭的喧声，却比站在近旁更能入耳，虽然听不着说的是什么，听者的心早被他牵引了去了。竹林里也同平常一样，雀子在奏他们的晚歌，然而对于听惯了的人只能够增加静寂。

打破这静寂的终于还是妈妈：

"阿三！我就是死了也不怕猫跳！你老这样守着我，

到底……"

妈妈不作声，三姑娘抱歉似的不安，突然来了这埋怨，刚才的事倒好像给一阵风赶跑了，增长了一番力气娇恼着：

"到底！这也什么到底不到底！我不欢喜玩！"

三姑娘同妈妈间的争吵，其原因都坐在自己的过于乖巧，比如每天清早起来，把房里的家具抹得干净，妈妈却说："乡户人家呵，要这样？"偶然一出门做客，只对着镜子把散在额上的头毛梳理一梳理，妈妈却硬从盒子里拿出一枝花来。现在站在坝上，眶子里的眼泪快要迸出来了，妈妈才不作声。这时节难为的是妈妈了，皱着眉头不转睛的望，而三姑娘老不抬头！待到点燃了案上的灯，才知道已经走进了茅屋，这其间的时刻竟是在梦中过去了。

灯光下也立刻照见了三姑娘，拿一束稻草，一菜篮适才饭后同妈妈在园里割回的白菜，坐下板凳三棵捆成一把。

"妈妈，这比以前大得多了！两棵怕就有一斤。"

妈妈那想到屋里还放着明天早晨要卖的菜呢？三姑娘本不依恃妈妈的帮忙，妈妈终于不出声的叹一口气伴着三姑娘捆了。

三姑娘不上街看灯，然而当年背在爸爸的背上是看过了多少次的，所以听了敲在城里响在城外的锣鼓，都能够在记忆中画出是怎样的情境来。"再是上东门，再是在衙门口领赏，……"忖着声音所来的地方自言自语的这样猜。妈妈正在做嫂子的时候，也是一样的欢喜赶热闹，那情境也许比三姑娘更记得清白，然而对于三姑娘的仿佛亲临一般的高兴，只是无意的吐出来几声"是"，——这几乎要使得三姑娘稀奇得伸起腰来了："刚才还催我去玩哩！"

三姑娘实在是站起来了，一二三四的点着把数，然后又一把把的摆在菜篮，以便于明天一大早挑上街去卖。

见了三姑娘活泼泼的肩上一担菜，一定要奇怪，昨夜晚为什么那样没出息，不在火烛之下现一现那黑然而美的瓜子模样的面庞的呢？不，——倘若奇怪，只有自己的妈妈。人一见了三姑娘挑菜，就只有三姑娘同三姑娘的菜，其余的什么也不记得，因为耽误了一刻，三姑娘的菜就买不到手；三姑娘的白菜原是这样好，隔夜没有浸水，煮起来比别人的多，吃起来比别人的甜了。

我在祠堂里足足住了六年之久，三姑娘最后留给我的印象，也就在卖菜这一件事。

三姑娘这时已经是十二三岁的姑娘，因为是暑天，穿的是竹布单衣，颜色淡得同月色一般，——这自然是旧的了，然而倘若是新的，怕没有这样合式，不过这也不能够说定，因为我们从没有看见三姑娘穿过新衣：总之三姑娘是好看罢了。三姑娘在我们的眼睛里同我们的先生一样熟，所不同的，我们一望见先生就往里跑，望见三姑娘都不知不觉的站在那里笑。然而三姑娘是这样淑静，愈走近我们，我们的热闹便愈是消灭下去，等到我们从她的篮里拣起菜来，又从自己的荷包里掏出了铜子，简直是犯了罪孽似的觉得这太对不起三姑娘了。而三姑娘始终是很习惯的，接下铜子又把菜篮肩上。

一天三姑娘是卖青椒。这时青椒出世还不久，我们大家商议买四两来煮鱼吃，——鲜青椒煮鲜鱼，是再好吃没有的。三姑娘在用秤称，我们都高兴的了不得，有的说买鲫鱼，有的说鲫鱼还不及鳊鱼。其中有一位是最会说笑的，向着三姑娘道：

"三姑娘，你多称一两，回头我们的饭熟了，你也来吃，好不好呢？"

三姑娘笑了：

竹林的故事

"吃先生们的一饭使不得?难道就要我出东西?"

我们大家也都笑了;不提防三姑娘果然从篮子里抓起一把掷在原来称就了的堆里。

"三姑娘是不吃我们的饭的,妈妈在家里等吃饭。我们没有什么谢三姑娘,只望三姑娘将来碰一个好姑爷。"

我这样说。然而三姑娘也就赶跑了。

从此我没有见到三姑娘。到今年,我远道回来过清明,阴雾天气,打算去郊外看烧香,走到坝上,远远望见竹林,我的记忆又好像一塘春水,被微风吹起波皱了。正在徘徊,从竹林上坝的小径,走来两个妇人,一个站住了,前面的一个且走且回应,而我即刻认定了是三姑娘!

"我的三姐,就有这样忙,端午中秋接不来,为得先人来了饭也不吃!"

那妇人的话也分明听到。

再没有别的声息:三姑娘的鞋踏着沙土。我急于要走过竹林看看,然而也暂时面对流水,让三姑娘低头过去。

一九二四年十月作。

河上柳

　　陈老爹向来是最热闹没有的，逢着人便从盘古说到如今，然而这半年，老是蹲在柳树脚下，朝对面的青山望，仿佛船家探望天气一般。问他："老爹，不舒服了罢？"他又连忙点头，笑着对你打招呼。这原因很容易明白，就是，衙门口的禁令，连木头戏也在禁止之列了，他老爹再没有法子赚钱买酒，而酒店里的陈欠，又一天一天的催。

　　清早起来，太阳仿佛是一盏红灯，射到桥这边一棵围抱不住的杨柳，同时惹得你看见的，是"东方朔日暖""柳下惠风和"褪了色的红纸上的十个大字，——这就是陈老爹的茅棚。这红纸自然是一年一换了；而那字，当年亏了卖春联的王茂才特地替老爹选定，——老爹得意极了，于照例四十文大钱加成一条绳串，另外还同上"会贤馆"，席上则茂才公满口的"古之贤人也"。

陈老爹也想到典卖他全副的彩衣同锣鼓，免得酒店的小家伙来捣麻烦，然而天下终当有太平之日——老爹又哼哼的踱出茅棚了。

"真真反变！连木头戏——"

这时老爹不知不觉转到隔岸坝上"路遇居"的泥黄山头，"姜太公在此，诸神回避"，不出声的念给自己听，——也许只是念，并不听。其实老爹所看见的，模模糊糊一条红纸而已，不过"姜太公"也同"柳下惠"一样，在此有年罢了。

太公真个立刻活现了。

陈老爹的姜太公同郭令公是一副脑壳，——我们在"祈福"时所见的，自然，连声音也是一般，而我们见了令公，并不想到太公。现在浮在老爹眼睛里的，是箱子里的太公了，——老爹也并不想到令公。

老爹突然注视水面。

太阳正射屋顶，水上柳荫，随波荡漾。初夏天气，河清而浅，老爹直看到沙里去了，但看不出什么来，然而这才听见鸦鹊噪了，树枝倒映，一层层分外浓深。

老爹用了平素的声调昂头唱：

"八十三岁遇——"

河上柳

劲太大了，本是蹲着的，跌坐下去，而刚才的心事同声音一路斩截的失掉了。那鸦鹊正笔直的瞥见，绿叶青天，使得眉毛不住的起皱，渐渐的不能耐了，拱着腰，双手抱定膝头。

"三天没有酒，我要斫掉我的杨柳——"

说到这里，老爹又昂一昂头：

"不，你跟我活到九十九，箱子里我还有木头。"

接着是平常的夏午，除了潺潺水流，都消灭在老爹的一双闭眼。

老爹的心里渐渐又滋长起杨柳来了，然而并非是这屏着声息蓬蓬立在上面蔽荫老爹的杨柳，——到现在有了许多许多的岁月。

漆黑的夜里，老爹背着锣鼓回来，一走一甯的唱：

"驼子妈妈不等我上床了，

桥头上一柱灯笼，

驼子妈妈给我照亮了。"

灯笼就挂在柳树，是老爹有一回险些跌到桥底下去了，驼子妈妈乃于逢朔的这趟生意，早办一枝烛，忖着时分，点起来朝枝头上挂。

从此老爹更尽量的喝，驼子妈妈手植的杨柳，也不再只是受怨,——这以前,一月两遭生意,缺欠不得,否则是黑老鸹清早不该叫,"不是你的杨柳,老鸹那里会来呢?"

杨柳一年茂盛一年,——那灯笼,老爹不是常说,可怜的妈妈最后还要嘱咐,带去而又记得点回吗?

清明时节,家家插柳,住在镇上的,傍晚都走来攀折,老爹坐在门槛:

"密叶就好,不伤那大——"

人散夜静,老爹自己也折一枝下来,明天早起,把桌子抹得干净,一枝撇成两份,捱着妈妈的灵屋放。

老鸹自然时常有的,但生意十分顺遂,木锁却被人偷开了几次,——不消说是归家晚了。

最使得老爹伤心的,要算那回的大水。

梅雨连绵,河水快要平岸,老爹正在灶里烧柴,远远沙岸倒坍,不觉抬起头来,张口细听,只听得吼吼的是水声,但又疑心耳朵在作怪;雨住的当儿,踏着木屐,沿茅棚周围四看,——沙地被雨打得紧结,柳根凸出,甚是分明,一直盘到岸石的缝里去了。

"还是妈妈想得——"

老爹伸一伸腰,环抱着臂,而眼睛,同天云低处的青山一样，浸在霭里了。

这晚比平常更难熟睡，愈到中夜，愈是清醒，清醒得害怕了！——坝上警锣响，——屋背后脚步声，——

"陈老爹！赶快！快！"

地保敲门。

第二天，老爹住在祠堂。土坡企眺，一片汪洋，绿茸茸的好像一丛芦草，老爹知道是柳叶：

"我的——"

"嘛～～～～～～～"

"老爹！——好睡呵？——今天呢？——老板骂我，说我是混玩一趟！"

下午。老爹从镇上引一个木匠回来。

霹雳一声，杨柳倒了，——老爹直望到天上去了，仿佛向来没有见过这样宽敞的青空。而那褪了色的红纸，顿时也鲜明不少。

一九二五，四，二十三，作。

去乡——S的遗稿

病里作客,渐渐有点不能耐了,于是想到回家。吃了老母的几天茶饭,我的心算是从来没有这样温暖过了,但那米是借来的,分明的偷偷听到,于是我又去作客。

母亲的心事我是知道的:"三岁上丧了父亲,这副倔强脾气!"然而除了坐在桌子旁边,望着我一粒一粒的把饭吃完,可能说一句阻挡的话吗?

"儿呵,病——"我的伞却已经拿在手上,一步一步的跨出门槛了。

我没有同我的邻舍打招呼。儿时差不多不分寒暑昼夜伴着那般哥儿姐儿在上面游戏的稻场,也未曾博得我眼睛的一瞥。而我打算掉头,掉头看一看母亲含眶未发的——怕接着就印在我的足迹了罢?——我那里又有这大的力气呢?

这样,我已经出了我的村庄,在荒冢累累的野原上走。

我真是飘飘欲仙,仿佛身子是没有重量的。而又有点悚然,——青天绿草,这才照见了可怕的憔悴!陡然一阵咳嗽,颤抖而微细的声音,跟着眼光远及于天际,——"后面在喊我哩!"……

我感到的是怎样亲切之感呵,——立刻消失于泪海之中了,——这时我还未掉头。

远远草坡上,正是白发的——

我顿时觉得要转去,而我的声音不能为我传报,亮晶晶双眼,却明明映着那挥挥的手了。

"母亲呵,你的系念,照护儿的前程。"

我已经到了码头。

围住我的,四五个舟子,我不知道怎样回答才好;无目的的伸头四顾,快要开橹的一只,舱首是女——

"S先生!上京吗?"

我凄惨的笑了。

"萍姑娘!——回家?——几时来的?月半?——啊,中元上坟。"

有谁在问她似的,她回向舱里,咕嗫着。

"一个人吗?"我问。

竹林的故事

"不,我的弟弟。"

"上船好久了罢?"

"口茶的工夫。"

朋友,你曾经受过旅路的寂寞么?想一想我这时的欢喜!虽然并不意识着,已足够使我挺挺立住,觉到我的存在了。同时我的前进是充满热力的,而又非毅然决然的同半个钟头以前一样以为是要走路,只抖着精神在预备,——冲口而出的:

"姑娘先走罢,N镇再会。"

待到自己也听见了,船头已经驶过去,仿佛一声要把天喊破,其实是瘦伶伶的立在港岸。

终于是要走的,何况舟子不住的敦促,——我的心也不是完全的没有凭藉罢?"N镇再会",不单单留在耳朵响着?一眼望去,广阔得叫人害怕,而不也可以不望?只要你紧紧的睡,张开眼睛不就是……

"开头呵,先生!"

我独坐在船舱,视线与水天相齐,望去蜻蜓一般的平伏着四五只,想认记一只出来,而分不清那是在前,那是在后,——我的孤单总算是牵连住了,舟子一声:

"那位姐姐是先生的亲戚吗?"我才掉转身,抬一抬眼

光,再是答:

"邻居。"

看出了这两个声音并不比摇橹那样不费气力罢,舟子不再问我,而我这才听见橹声了,慢慢的问他:

"赶得到那头的午饭不呢?"

"顺风倒快哩。像这——怕要太阳落山。"

我不自觉的朝他凝视着,我的奄奄一息不能伴着他的橹声而延续的凝视着,截然的又掉过去,自己听见了,——齐滴在衣衫,自然,也瞒不过他,世间上有什么比憔悴的面庞所含住的眼泪更为晶莹呢?

水面已经宽阔了许多,前乎我们的,也趁这当儿参差在湖上,——舟子呵,你们是靠着鹰也似的攫搏的眼光并不互相告诉的循着自己的路径吗?

洋洋湖水渐渐成了一片绿,不消说,是芦柴。船只也渐渐的少——隐没了,我就一只一只的跟着踪迹,左右流视,这却搅起了喜悦,仿佛儿时看水鸟蘸水,——最后一转,什么也不见!——绿丛里望见了孤帆!——

"不,那里也是哩!"——这明明乘风而来了。

"难道欢喜者伴来的都是欢喜?——几时再载着我的笑容奔向——"

那白发，那挥挥的手，突然又浮在我的眼前了。而脱芦而出的，迎面飞来，船头上坐着一人，解开胸襟纳凉，——搀起一条水线，过去了，宏亮的话声，却还留有余响。

"你们当中，有以我的故乡当作旅舍的吗？我想是没有的。"

自然，我并不能掉头，然而我望见了他们的前程：水的尽头是山，山是青的，天也是青的，在山的尽头，——不，中间还有云，白的云，三岁时候，玩的糖寿星，一个一个的摆在那架上，指着母亲要买，正是那样；两岸又望得见村里，低在地上只不过一球黑林，在冒烟……

"嗤。"

这一声——船已经进了芦柴，——似乎又停住了，因为不再响。仔细听，虽然响，是风。我于是掉头——

舟子果然蹲在船板，寻觅什么。

"先生，我认识您。"

"你——你认识我？！你怎么认识？！"

我真是咬住了我的牙关，发出这声驳诘，——其实比话声还快的掷过去的眼光，已经为我释然了。

"不上十天工夫，我不是从那头载先生回来吗？是不是?要像那天——那天先生正赶到家吃饭罢?是不是?"

他一面说,一面又低下头寻找,随就对我坐住。

我好容易吐一吐气,得了转变我的眼睛的地方了。

那是他的烟筒。自然,他并不是拿出来做认识我的见证,——他何从知道,我曾经默默的赏识过,的确是这样一个红得发亮的古老的竹根。

这,我立刻也以为可喜,——只是一暂呵。

"为什么总是回来才——"

我没有说完,他在一口气吸下去。

"什么?先生。"

"没有什么。"

他依然是吸。

"母亲呵,你想探一探儿的消息吗?最好是来访他,他收进了儿的笑,儿的——"

我伸头到舱外,站在船头朝来处——怎的,阴沉沉的!不见青山,不见白云,简直同刚才——不过心里知道那里不是我的去向,另外那扬帆骄傲的指示我也有跟我而来的罢了。

我只得又来搜视芦柴。原来并非连成一片,一丛丛有带水之隔,——那里也在吹烟哩!……

"是——"我要昂头叱咤了,茫茫草莽,喊出我的萍姑娘来回答!这个勇气我是有的,萍姑娘也决不抱怨我唐突,——谁不可怜我呢?

于是我又掉头,用询问的眼光看舟子,而他放下烟筒:

"走,先生。"

"我是说,那里不也有人吃——"

"是的,这就叫做'中路停',我们来往,多要歇息一会的。"

"请你问一问,看是不是——"

"啊,不是,我们只听了声音就知道。载那位姐姐的是我的侄儿,好孩子,茶烟什么都不来。"

"唉,我的舟子,你那粗糙而皱摺的面额,一天又一天,一年又一年,藏住了天时人事多少?"——其实我没有出声。

他慢慢的一句:

"先生,您睡一睡罢。"

我呜呜咽咽哭起来了!——我怎忍耐得住呢?——我更何须忍耐呢?

"睡吗？不！平素我坐船老是睡，此岸紧接彼岸，今天，老翁呵，我要为你倾吐，——我受载了许多人世的哀愁，他就成了鲜红的花，开在我的心上，我的血一天一天的被他吸干了，所以现在——"

"先生，您——"

"老翁，这我更难受了，你不要——我为什么最后还来赚你的眼泪呢？我是一个孤儿，在这世界上天天计算我的行止的，只有我的母亲，最近的十年当中，我捱她住过七天，就是——"

"是的。"

"老人的眼泪是要把我的心都湮了的，请——我真算是福气，最后又遇见了我的萍姑娘，那位姐姐，她比我大一岁，小孩时我们常伴在一块。早年她跟她的男人在C城开锡店，你知道，我们乡里是有许多人跑到C城寻生意的。还有她的母亲，现在是不在了，最是赏识我的聪明，简直比自己的姑娘还爱。我只身住在京城，我的脾气坏，也没有爱过什么女子，可是我时常想起我的萍姑娘，想起她的笑，她的话音，她的——我就为她祝福，——我老是这样的，捧着一副虔心，寄念天下诸般孤弱。"

"先生，您还是年少——"

我们突然好像落在深坑了！——失却芦柴的合奏，前面又是汪洋。

我再讲不下去，他也歇一歇手，揩抹着脸，——此时我向着船头躺卧，——静听橹声断续。

不消说，我终于睡着了。

N镇是县境极西边界，去C城也有半日的水程。我们决定就在这晚走夜船，——其实我只是唯唯而已，萍姑娘又坚留我同坐一只。萍姑娘的心事，我是知道的：虽说是初秋天气，夜深露重，毕竟要比陆上为冷，——我的行装，除了一个手提的小包还有什么呢？

吃过饭，我们在久于相识的饭店主人执住的豆一般的灯光之下，一步一提心的踏上船了。

我最后下舱，舱板好像一片白，——萍姑娘打开她的被囊来垫坐了。我靠船尾这一头，萍姑娘的弟弟紧挨萍姑娘，偏斜的对我。

"漆黑的！"

小人儿用了细小的声音发出他的愁闷，回答的却从我的背后：

"'十九二十边，月出二更天'，——一会就亮的。"

这明明是很生疏的送到我的耳鼓，而我的心动弹了，仿佛有意来告我：又在开头！

"萍姑娘，难道我们不欢喜吗？我记得你曾经要我叫你一声姐姐，我不叫；我叫，你笑——"我转到这样的思想，萍姑娘抚摩她的弟弟：

"睡一睡好不呢？靠我兜里。——明天清早不就到了吗？"

接着我们两个谈话，——饭店里只即时即地的讲几句，因为我不愿把我这样形貌惊扰萍姑娘的平安，并不坐在一块。我说："我的母亲知道姑娘来了，一定要留姑娘安住几天的。"萍姑娘抱歉的笑："我就是忘记不了奶奶！——家里实在不能耽误一天，烧了香，顺便在舅家歇了两夜。先生这一提——"模糊当中，似乎是把衣角牵到脸上。我呢，本有点生气，要急促的拦住，结果依然慢慢一句：

"姑娘，不那样称呼罢。"

"阿弟就跟姑娘过日子吗？"萍姑娘没有话回了，我又问。

"是的，就在店里做学徒，——阿母丢下他，只有五岁。"

我是想从萍姑娘得到什么的,现在萍姑娘的话,萍姑娘的笑,都给我听见了,反而使得我在搜寻,从我的并未干枯的脑海远远的一角。

笑上我的脸,儿时的机智活泼真个回复了:

"姑娘!你记得吗?我——我愿我是那样——"

唉唉,勉强终于是不行,我怎能再那样沿门送欢喜呢?

我立刻又省悟,我还是没有讲完的好,因为——朋友,让我补给你听么?

那时萍姑娘住在我家右手,我们是十二三岁的小孩。村里一位哥哥结婚,我去看新娘,萍姑娘同别的姐儿们已经先我而在了。这位哥哥是游荡子,新娘同我们只隔一条河,平素我常在她家玩,据说是非常忧愁的,而且染了痨瘵。我走进新房,萍姑娘抢笑道:"S!S!你惹得新娘笑,就算你有本事!"我自然是高兴的了不得了,捱近新娘,揭开她的面幕:

"原来是我的姐姐!——姐姐,给我笑一笑罢?"

我讨得了笑,一房大笑。

十年当中,首先进了死之国的,是这位姐姐了,母亲告诉我。

"我愿我是那样健壮，像小的时候。"我改变话。

"是的，奶奶才欢喜哩！"

萍姑娘不是熟悉我病的消悉吗？这口气！——小人儿的鼾声引动了我。

我们大概走了不少了罢，——那码头的喧嚣曾经腾涌在我们的周围，这才觉出了。

并不同白天一样，由湾港渐渐走进湖，这是一条内港，更深，保持着相等的宽阔。我没有存心瞻眺，而舱篷遮盖不了眼睛：岸上的草，田里的禾稼，连成一簇黑，水底则单单映出草来，星在其中闪动；远远平坂，也点点的发亮，告诉我那里有人烟；时隐时现的是萤火，仿佛分外同我相识，在侦探我，他的光使我疑到泪——

泪，成了幕，——我以外不见了，想挤出去，我把眼闭着，——落到萍姑娘的被上了，我用指头点印，想永远留一个伤痕。

"唉，我要紧紧的闭！我们不是一刻一刻的在移进吗？景色何曾为我们改变？"我枕在倚着的横木，想。

我吃惊了，猛抬头，躲避似的缩在一角，望着与我适才相反的方向，是明明白白现露出来的萍姑娘！

那面庞，凄凉而有异彩，——月呵，你涂上了我的姑娘罢。那半边呢？姑娘，给我一个完全罢！我别无所有，带了他——同我的母亲的泪，跟我到坟墓里去，也算是——难道你不情愿吗？我想，你什么也甘心的，只要不冲突了命运之神，只要你这一做，在你的故人是添一滴血。掉过来罢，姑娘！那边只是空虚，就是给月亮照在水里，也还得我才看见这是你的影子哩！

其实我当时是极力的屏住声息，怕他泄了我吞含未吐的一声"姐姐"。

小人儿突然辗转，我低头，另是一副惨白而圆小，——萍姑娘已经掉过来了，然而给与我的是蓬松黑发，——两面紧对着。

"姑娘，你的那弟弟是呼呼睡。"

这话我是说了。

"是的，他不再醒的。"

小人儿轻轻的被移到被上；包袱里又拿出了一件衣服，在覆盖着。

"S哥，你也睡一睡好。"

这是萍姑娘第二次在船上称呼我了。

"我想看一看月亮。"我答。

我移身伏在船边，与萍姑娘适成对角。

夜是静的，但萍姑娘决不会分别，潺潺水声里杂了一点——自然，这并不是指那摇橹。

我吟唱了：

"水是尽尽的流，

尽尽的流，——

谁能寻得出你的踪迹呢，

我的泪？"

我是那样唱，叫萍姑娘懂不清我的字句，我的意义，——这怕也是徒然的费力罢，月亮不会代我解释吗？

朋友，这月是怎样的明呵，我的皮肉照得没有了！水天真是一色，不见星，——有，水底的天，一，两……不见萤火，岸上的草，田里是芝麻罢，却都晶莹着；还有杨柳，低低的，满载露珠。而这些似乎并不是孤立：是织在梦一般的网，这网是不可思议的伸张，青青的是山罢，也包在当中，——终于冲破了，犬吠！船尾又一声：

"露不小，先生，姑娘，受得起吗？我还有篷，两头也搭起来好不呢？"

我几乎忘记了，我们之外，更有舟子，他——给我们听到的,连这实在只有两句。

"姑娘还是在望吗?"我不专向谁的答着,转进舱来,正合——我的姑娘呵!

"S哥,你睡一睡的好,叫船家搭块篷遮风,——我耐得住的。"

"搭起来怪闷,这样睡可以。"

我横躺在阴影之下了。

这港我曾经走过不少的次数,却还未留心他的方向,现在我计算,计算月的起落,希望我这里老是阴影,——倘若照到我的面上,萍姑娘不害怕我是骷髅吗?

我那能熟睡下去呢?一呼一吸,疑心吹动了萍姑娘淡绿的衣裙。——既然答应了是睡,除了静静的听,似乎又没有别的方法了。

"姑娘呵,不怪我好哭,高秋冷月,那里有这样一声笛呢?——你的清脆的咳嗽!"

月——嗳哟,我没有算到,船是要转湾的!我只得把眼闭住。

什么盖住了我的手,我的——我挣扎,——眼开了。

萍姑娘端端正正摄进了月下的我的面庞,留下——是她的被包罨。

我们听到鸡叫,听到C城第一足音,一直到上岸,萍姑娘说:

"S哥,一路家去。"

我说:

"多谢姑娘,我去住旅馆。"

          一九二五年六月。

一封信

碧生：

　　我勾留两天就走了，没有同你畅谈的机会；我的哥哥时常在座，好像话又不能和盘托出。你只晓得，我平昔的志愿如今可以达到，我哥哥那样节省，虽然收入不多也能够供给我的学费；你们送我出门的时候，我对你们洒了几滴眼泪，你只当作我们平素太亲密了，一时难以分手。我在车上哭了几个钟头，你晓得吗？我的哭是记起那一晚上的哭而哭，那是我接到章程同我父亲商量行止的晚上。

　　我当着我的父亲提出我的意见，我的母亲，我的嫂嫂都在座。我郑重提出之后，一屋人都一声不做，好像一声大雷劈然从天上打下，我自己也不知道刚才说的是什么。慢慢我的父亲开口说道：

　　"那……自然是好……"

我看着我父亲的神气,晓得他比我更为难过:我的意见是正当的,他是不忍阻止的;去!马上就要预备盘费,随即要预备以后每月的用费;预备!又……

　　"但是,你自修也能够有成就,不必……你的哥哥虽然说从他的收入项下,可以挪出你的学费,我看他是故意宽我的心,即或能够,他自己必刻苦不堪,我也不忍叫他……"我的父亲突然说。

　　"叔叔志向很坚定,还是去的好,无非大家节省些。"我的嫂嫂抱住我的侄儿永儿说着。

　　我放声大哭了,想到这是极难解决的问题了:如了我的志愿,便痛了我的心;不如我的志愿,便痛了父,母,兄,嫂的心。我哭得忍不住了。他们虽然没有作声,我晓得他们是在心坎上哭,比我从眼睛里泄出来还利害。我不等得结论跑去睡,面朝着墙,眼泪不住的朝枕上抛。约莫有两点钟的工夫,听到天井外脚步声慢慢朝房门口近,由墙上的影子认得是我的母亲,我假装睡着了,她站了一会把灯吹熄出去了。

　　第二天我的父亲下乡去,同日接到我哥哥的来信,催我即日动身,盘费已经预备了五十元。我的母亲截然说道:

竹林的故事

"我替你定个日子：本月二十。到李家店里去拿五十，凑足一百。"

"等父亲回来还要商量。"

我的母亲向来无论做什么事情都要同我的父亲商量，这回偏不睬我的话，一心同我的嫂嫂检清我必须带去的衣服。我看着日子渐渐逼迫了，也顾不得我的父亲不在家，自己检清必须带去的书籍。十九的晚上，我记起我的嫂嫂向我讲过："趁你哥哥还未放假，写封信去叫他买一件永儿穿的背褡，"说道：

"嫂嫂前回说买永儿穿的背褡，不知什么颜色好？"

"那是偶然说起的玩笑，那里还有孩子穿背褡！"

我即刻猜着了嫂嫂的心事，眼泪又在那里回转，几乎忍不住。

我的父亲好像同我的母亲暗约了的，我刚吃完早饭，预备动身，他便回来了。笑嬉嬉的把已经包裹了的行李，重新打开一看，不经过他的眼睛，他便疑心有人害他的儿子似的。又再三嘱咐道：

"既去，别把经费的事放在心里，我自然晓得筹画。读书最怕被杂念纷扰。"

他们送我出门的时候，我简直不敢抬头，走了几十步将要转湾的地方,才回头一瞥,同时两伙眼泪因贮积了的原故,以两条垂直线朝地坠。

碧生,我父亲的话,至今还在我耳朵里响着:"读书最怕被杂念纷扰!"

那天买车票我是怎样拿不定主意呵!你们不是说有一种军用半票可以减少一半价钱吗?我在渡江的轮船上遇着一个也是上火车的商人,同他谈了几句话,晓得他是久于坐火车的。他说,单有那一张白票,我们普通人不大方便,须得另有一张护照,护照是红纸的。我比时深悔我们许多人中没有一个有相识的军官!奇怪,我们平常不是痛恶军人吗?

到车站的时候,九点钟还差几分,挑夫把行李放下,我自己拖到靠墙的地方,随把被包垫坐,双脚踏在篮子边上,眼睛不敢望着别的地方,好像上帝创造他们便是为今天照顾行李用的。有两个穿着轮船上水手一样服装的人在我面前踱来踱去,我想,这一定是你们嘱咐我留神的人了。你平常总是羡慕我,不像你要带眼镜,这回偏偏作怪,几十枝烛光的电灯照起来,反比不上平常在洋灯底下看书连那五号字也认得清楚,时时起一阵昏花;若不是赖着触觉作用,险不被他们扛起跑了!到后来那两个走近我的面前问道：

"先生是到北京去罢？"

我虽然是初次坐火车，轮船却坐过多少次，照例板起面孔，作个不屑与的神气说道：

"北京去。"

"替先生弄一张半票，好不好？"

我当时很惊讶："他们怎么会有呢？"却又装着内行样子说道：

"拿来我看看。"

果然一张红的，一张白的，上面的字句，图章，都清清楚楚。我一面看，一面思忖，他们也就猜着了我的意思，说道：

"拿去买了票，再把钱。"

"那自然，我买过几次的。"

"那更好，规规矩矩，四块，不多罢？"

他们硬塞在我的手里，要我拿住，我总有些不放心，说道：

"拿去，缓一会再来。"

他们走了，我做出格外从容的样子。间一会，他们中的一个在我面前一瞥，我也不睬他，虽然心里很想他再来，便是四块钱也不想再少。忽然一个穿军衣的走来问我，他说他是陈督军的部下，送太太回乡去，只要我给他三块钱，他便把两张给我，我很耽心那两个卖给别人了，便也同他交涉，并不是因为更便宜一块的原故；又想："军人是不好缠的，万一把钱拿去了，票却……索性不贪这个便宜罢！哥哥叫我没太节省，我要体贴他的心。"

兵走了，那两个又苍蝇似的奔来：

"还是把我们的拿去。丘八！你玩他不过。"

我答应了。卖票的窗户也打开了。他们把我的衣服一扯，低声说道：

"先生，跟我这边来。"

"不行！不行！我的行李在这里！卖给别人罢？我不要！不要！"

"我替先生照顾，请看我的牌子。"他们中的一个把铜牌子现出来很急忙的说着，那个便不由我答应，把我拖到一个没有人的地方：

"谁害你不成？行李包你不遗掉。那里有警察，查出来，了不得！拿去把票买来！我们是不能买的。"说着把两张塞在我的手里。

我真闹得没有法了,同一匹饿肚子猪四面找槽一样,跑到买票的地方。他们并没欺我。我拿着票去找行李,他们在那里伸着手等我。我给他们三块银洋,其余是铜子,他们很大方,并不数数就拿走了。我很有点后悔:"晓得他们不数,不该给那些铜子!"

碧生,我自己也莫明其妙了!我相信,想你也相信,"于我如浮云"的精神,我实在是有的!校长给我在附校估一席,我决心辞掉,到大学去研究文学!现在怎么做这种难堪的事呢?我的草稿这里被眼泪湿了一大块!我没有体贴我父亲,我哥哥的心了!

车站的事还没有说完,三块半钱的便宜终于没有贪到!我的行李侧边,便是行李挂号的地方,我付完那两个之后,叫一个工人把我的行李载上磅台——这是依照那商人的话:"把行李挂号,花费不多,减省好些麻烦。"我看在我先挂号的那一位,果然只费了十八个铜子,便更安心,以为这件事倒亏他指点。称完了,站在柜台外等候给我的凭单。不多时,一个戴金边帽子穿黑呢制服的在里面喊道:

"35号……3块4毛……"

喊了一大会,却没有人答应,我也很惊讶:"怎么没

人答应?"他忽然把我的肩膀一拍:

"你的罢!3块4毛。"

"3块4毛?那不是我的!我的决不要这些!刚才那一位不是十八个铜子吗?"

"你不晓得规矩!初次坐火车的?你的行李逾了限定的重量,要这些!"

"不错!初次坐火车的。那么,我不挂号,请把行李还我!"

"不行!不行!——花三块几毛钱,多么舒服。"他一面说一面装起手势,嘲笑我乡下孩子似的。我又耽心开车,只得把刚才剩下的车费留下一毛,其余的都交给他了!

下车时倒很幸福,久住北京的一个朋友,因为接到我动身前发的信,早在站口候着我了;前三十分钟开始的恐怖,好像被一阵风吹跑了!你一定要怀疑:"又是什么恐怖?"这恐怖,唉!至今回忆起来,比那一晚上还好哭。车到长辛店的时候,搭客差不多都下去了,在我那舱里,只剩下八个人,其中没有同伴的,只我一个。他们各自收拾行李,我也收拾我的行李,一面又想:"一个人两件行李;一手提一件,不是我的力量做得到;叫人，又免不了讹索，从上往下一搬，少不了几十个铜子；幸而搬下去了，还得要车子拖到朋友那里，此地的规矩完全不晓得，他们见我这初次上街的人，自然更是多要；多花几个，我也情愿，只怕，只怕我问他，他不睬……"一段凄惨的往事，又在脑里唤起来了：

那年由武昌抱病回家，因为没有同伴，携带的也便只一小篮子。在汉口搬上轮船的时候，我喊一个挑子代我背去，喊一个，却围拢来四五个，我一面照顾篮子，一面又同他们讲价钱，给他们二十个铜子，还是不去，把我挤得像一个罪犯一样。我害的什么病，想你还记得，下新长起的那一个，像被炙铁炙了的那样枯焦，越挤越难过，越难过他们越抬价，我真是哭又没有眼泪，嚷又没有气力。忽然旁边有几个旅客喊搬东西，他们便不顾这种小生意，带说带笑的往那边窜；不得已答应他们要几多给几多，他们仍然是没听见似的；最后只得自己提着，提到楼梯中间，被那铜板一滑，身子随着篮子朝地下一滚！跌在地下不能起来，只晓得挑子们在旁边嘲笑！

这样悬想之间，由窗口已可望见城墙。随即攀上了好几个旅馆的伙友，他们问我一声，我便慌得一跳，疑心他们哄我。碧人,这倒低是我对于人的歧视,还是人确有使我歧视的地方?——总之是人与人的歧视!后面有一种势力驱使着歧视!

你想,我是怎样欢喜,当我望见了我的朋友的时候!我回家去初次碰着我的母亲,也没有这样欢喜。虽然欢喜,却笑不出来,我找不出相当的话来形容,从杀场上逃脱了的凶手或者是这样罢?

承朋友的介绍,就在他这里住下,饭到馆子里去吃。当晚我便问他一个月要多少钱,他说,宿费两元七毛,膳费约六元,杂费约两元。我睡在床上把这数目一加,还没有超过预算,便安安稳稳的睡着了。第二天清早起来,发现了缺少许多东西,没有一件可以减省,这在日记上都记出来了,茶碗去钱……脸盘去钱……

北京的街道,不同乎武昌,在武昌可以不坐车子,北京稍为远一点的地方,便不能不坐车子去。起初我总是硬着不坐,回来的时候,鞋子与袜子几乎分不清白,头发与面孔都添了一层颜色,同我们乡里舂米的工人差不多。随后觉得这太不合卫生,我比车夫总还能够讲究一点,所以那天到照相馆去照相,便第一次坐车。回来又后悔:"在武昌为什么不照?去来的车费,共是四

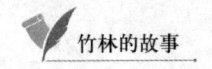

次！"这些数目，在日记上都寻得出来。

你是晓得我的性情的，专门机械的预备功课，总不大合式，书店的消费，因之也就免不掉。可是一种书顶少要两次才买成功！头一次；先看目录；再拣目录好的一篇看过大概；觉得称意，再看定价；看完定价，便问打几折；本是打八折的，便请他打七折；请求无效，把书仍放在原处；站了一会，或走了再转来，请他打七五——这样便空手回去了。夜里睡在床上，又想："这本书应该怎样爱重他！因了几十个臭铜片，便使他无缘与我相近！明天定"——这样或更经过这样那本书便跟在我的身边了。喜得北京商贾很好，看了不买。仍然是和和气气，倘若像武昌那样，我不知要挨多少骂！

考试结果未发表之前，我便筹画以后常住的地方。我的朋友很诚意的劝我："我这里就算顶好，花费与学校的宿舍相差不远，房子却比宿舍好。"我问问宿舍里的朋友，果然如是。我也就决定永远住在这里了。可是心里总有些惊慌，因为那天偶然听得同住的几个朋友讲："下季要添电灯，电话，自来火，开办费每人约计十元。"随即宽慰自己："我也是一分子，我不同意！慌什么？"

我的日记真巧，真好笑！后半本尽列下预算：宿费……元，膳费……元，杂费……元，书籍费……元。照字数计起来，只占得日记的一面，现在却占这么多！而且都是重复的！我的箱子也不知被我开过多少次！心里计算用了几块，还有几块，便去打开一次；偶然少了一块，便屈着指头再想，想到某日在那里用了，清清楚楚在那里用了才止。

今天偶然把镜子一照，觉得黄瘦好些！我便哭起来了，我不能体贴我父亲，我哥哥的心了。我来本是求精神上的愉快，现在却添上一层烦恼！

这封信千万别让我的哥哥看见！

我认识了一个好朋友——饭馆里的侍者。他不要我多花钱，又不要我多吃苦，荤素菜间餐点给我吃。我在这么大的城中，还只觉得他是我爱的。附告。

丧我。一九二二，九，二二。

长　日

　　王澈生还未来北京之先，他的老同学都很耽心的反覆说道："北京的社会坏极了，同学中诚实如T君，不久染了……的习惯，起初还不过朋友要他，后来简直是他约朋友"。言外的意思："王澈生恐怕也……"澈生当面也很感谢他们的好意，背地里却笑他们的过于忧虑。因为他近来有一种确乎不可移易的见解：行为原动，全在感情；感情的培养，全在知识。把娼妓当作姊妹一般，自然不做嫖客；了解人类本是一体，自然会把娼妓当作姊妹。诚实！那不过没有遇着作恶的机会，要不作恶，就要有真知识。

　　澈生的见解，果然被他自己证实。同寓的朋友，偶然从八大胡同回来，彼此互相嘱咐，不要让王澈生晓得。其实澈生已经猜着几分，他怜悯他们，正如怜悯被他们践踏的人一样，因为照他的见解，一个人当行为的时候，不能负行为的咎。

　　澈生是来投考一个专门学校的。初来的时候，预备试验的科目，虽然不感着什么兴趣，日子倒也容易过，夏日昼长，在他完全不觉得，墙上的日历，时常忘记扯，一扯便是四五张。晚上朋友们出去，他一个人端一把藤椅子到院子里坐下。逢着月亮出来的时候，他把椅子移在一棵很大的槐树荫下，这槐树长在间壁院子里，树枝子却一大部分伸到澈生这边来。从一蓬绿叶底下去望月亮，更没有别的情境使他更感清幽，透澈。不知不觉的他已经起了一阵笑容，学着旧戏的腔调，用极细微的声音唱道："我好比，清水潭，一尾游鱼……"正在一面唱一面摇头的时候，听到从那里传来的胡琴声，更因为白天里疲倦的原故，渐渐入了似睡非睡的光境。直到有人把他一拍："Mr.王！"他才晓得朋友们回来了，到了应睡的时候了。

　　考试告竣，他自己所不愿做的功课，可以完全摔在一边，他真是如释重负。白天里同朋友们谈天，吃过晚饭，独自到各处去找幽雅的地方——他的性情向来欢喜走未曾走过的路，从这些路中，发现了幽雅的地方如庙宇之类，在他视为顶大的快乐：这样一来，日子也容易过，被他初次发现的地方，也渐渐经过两次三次的游览了。

考试结果发表，王澂生也是许多名字中之一。开学还得要经过两月。澂生打量这两月的光阴，须得怎样的享受；读书，自然是合他的脾味，而且现在可以随自己的欢喜。为图旅路的方便起见，他动身时携带的书籍很少，不得不从朋友处借，或书贾处买。因为个性的不同，朋友的书籍被他选中的很少，书贾方面，也找不出几多合意的。他渐渐有点像释去镣铐的囚犯，不知朝那方向走了。加以几天的酷热，除掉靠着藤椅睡觉，几乎没有别的事可做。热后每继以雨，初下的时候，倒也像浴水的猪，十分爽快。北京今年的天气，同南方一样，大雨总是接连几天不止，他也只得终日站在门口看雨泡翻来翻去。这时候占据他的脑筋的，多半是他在家里同他的夫人谈话的回忆；《子夜歌》一类的诗句，时常从他的住房里传出。这在他也视为顶大的快乐，他有一句半明半隐的话："相思时读相思诗！"很可以代表他这时的心境。

澂生渐渐有点感着日子长了。朋友们晚上出去，照例不招呼他。有一回他自告奋勇，加入他们的游园队；他们只当他把读书比游玩看得重，却晓得他极活泼极尊重别人的个性，见他表示一同出去，便都鼓掌欢迎。到了中央公园，逢着可爱的女子，便一齐征求他对于男女的意见。他也便旁若无人的发几句很激烈的议论："我们号称为人类的生活，实在赶不上一切昆虫，一切花木。我有一次在一座满长荷花的池边游玩，听了虾蟆的叫声，滴了无数的眼泪！你们只晓得我们中的一个基督，钉在十字架上，不晓得她们对于我们，个个是基督，个个钉在十字架上！我们要几时才平安的自由的接受这从高天临到的光呵！"——这也许是他这几天被枯燥生活刺激了的原故，费了很大的气力说着，也不管别个睬与不睬。

照规定的日期，开学还得一月，报纸上天天载着经费的吵闹，更不知迁延到什么时候。澈生现在十分感着苦闷，急的想个消遣的法子。——他又记起R名流的话，"消遣"这个名词，不应该有，世间上有多少要做的事！他便自搥自怨："小孩时做'惜寸阴'的文章，也会说'吾辈要……'，现在连小孩还不如！"随即把书架上几部熟书，翻来翻去，然而心房突突的跳，一个字也看不入目！终于把书摔开，半愤半叹："感情也有时不能鼓动我的行为呵！"

这时候旧戏却有乘间引诱澈生的魔力。澈生幼时，本经过欢喜看戏的时期，现在也还唱得好些词调。头一次被一个朋友要到城南游艺园的时候，偏偏走进戏场便是一出很使他高兴的戏！这戏的情节与他同他夫人的轶事，十分相合，他当场便向他的朋友批评，那些地方好，那些地方还要改良。真该游艺园要多消几张门票，很好的广告，已经贴在他的脑中。

第二次是他一人独去，心里满藏着欢喜同希望，去的时间也便特别的早，戏还没有开幕。在场内坐了好久，渐渐有点后悔的萌芽。锣鼓响了，讨厌的秦腔，肉麻的武剧，七八岁的孩子，一群一群的在台上匆出匆进，在他脑里刻下悲衰的痕迹。邻他坐的一个看客，似学生非学生，似商人非商人，侧着头向他面前吐一大堆浓绿色的痰；他想到这痰里面的微生虫，首先便要飞进他的鼻子，急得几乎要顿脚，没有出声的骂道："你这不讲公德的东西！还不用脚踏去！"不踏去也罢了，接着更不断的吐。澈生没有法，打算代他踏去，又怕他疑心是故意形容他不懂事！只得装着无意，把自己的鞋子压在痰上，再轻轻的把鞋一擦：这才发出只有自己能够听见的声音："不该来！"最后头次给他以很好的印像的脚色出来了！虽然戏的情节赶不上头次，那种高低抑扬旋转自如的声调，也足够使他的悔容渐渐变成笑容，好像又用极细微的声音自己安慰自己："赖有此耳"。——这便已经伏了"还来一次"的种子。闭幕归家的时候，十二点钟只差五分，坐在人力车上，夜风吹着他面的湿气，很有几分凉意。偶然一辆汽车迎面而来，闪电似的灯光，把车夫的背部照得清清楚楚：蓝布褂子半披半卷，汗珠被灯光射着，格外圆大，裤子破了几块，臀股几乎都露出来了，两个膀子鸭子泅水似的左摆右摆：澈生咬牙切齿，恼恨自己："一总花费七十个铜子，他的名下只占十二个，倘若他有这总数，今天便可以安闲……"这结果适反乎消遣的本意了！他全身的血管紧张得要破了！将到寓所，经过一条漆黑的巷子，赖车前的洋灯，现出一线的光明，他又没气力似的叹道："资本家也不过把劳工的血汗，换自己的娱乐！该死！决不再来！"说到"决"字，却好像有几分拿不住的样子。

　　大约有两个礼拜，澈生完全没有想到游艺园的事。一天看报，偶然——也许是有意，到戏目，城南游艺园底下，又列着头次使他高兴的伶名戏名，有鬼似的心里又在跃跃欲试。"该死！""该死！"随即用很大的气力压住活老鼠似的同这念头抵抗。然而一点也没有效,椅子上像长了刺一般,一刻也不能坐:口里说"该死",手上已经捏住了十几张铜子票。走到街旁贴广告的地方,戏单上大书特书的证明报载的丝毫不错。到了前门假使到游艺园去须得转湾的地方,他站住了。四五个车夫以为他是喊车子,一齐拥来。他呆了!他不晓得为什么事出来,将到什么地方去,他简直呆了!最后截然的把身子一转:"不去!不去!"便三步当作两步的跑到东安市场,在市场走了一圈,把带来的票子,尽买点心。回到寓里,把点心放在桌上,看戏的念头,果然像一阵风暴被狂风吹散了。打开点心,却禁不住哭起来了!记起他的父亲,他的母亲来了!他的父亲最欢喜吃油条过早,省费的原故,每回顶多两根,有时一根也不买。他的母亲有一次害病之后,很想吃水饺,省费的原故,心里尽管想,口里却不说,亏他猜着了,才上街去买一碗水饺。现在他的点心费,买得十几碗水饺,几十根油条!

感情在澈生也有无用的时候了。有一夜,g名伶在s戏园演"拿手好戏"——戏单上这么写着,他吃过晚饭,心里又在交战,终于得到了一个宽解:"下星期便要开学!他们所谓的名伶,我也要赏识一赏识。只这一回!"

这一次却很拿得住"只这一回",大约是受了开学后有事可做的暗示。刚坐上车子,大雨便剑也似的下起来了。他笑道:"哈哈!好惩罚!倘若回来时雨还没住,我一定光头走回!惩罚!纪念!"天好像怜悯澥生,怕他真个被雨打坏,大雨不久便住了。到了夜半,月亮挂在深蓝的空中,澥生慢步回来,各种店子都关了门,路上行人也很少,澥生不时抬头望着月亮,觉得自己的身子格外轻,格外小,几乎要浮起来。

回到房里,打开周作人的《小河》诗反覆读了几遍才睡。

一九二二,十,一,作于北大西斋。

我的心

"三千里的长途!一个人!"黄昏的时候,我的妻代我把行装收拾之后,坐在靠窗的椅子上,狠没气力的这样说。我好像听了山寺的钟声,余音嫋嫋,在脑里烟也似的旋转。

"你自己还得清检一遍,怕的有遗忘。"

"不错。只少了那双袜!"

我的妻笑了。

"你笑我的技拙吗?"

"我笑你的吝啬!故意留着。"

"留着,可以;吝啬,我却不承认。我在校时,衣服或袜子破了,不觉也就记起你来了。只要破得不大利害,总欢喜自己缝着。有一次,正是这傍晚的时候,一只穿上不久的新袜,靠后跟地方破了个小小的洞,我拿针线把他缝起,费了半点钟的工夫,结果把前面没破的地方都联拢了！"

"哈哈！"

我无意间引起妻的大笑——随即归于静默。我也只得把箱子锁就，走到长案旁边，拿起放在案上的像片睄着。妻突然一声，说："最后的一晚，还不去和爹，妈谈谈！"

我的母亲抱住我的侄儿健儿在后房里踱来踱去，口里不住的唱着："我不再想念二爷了，我有我的健儿了。"我的父亲倒在床上，右手把头枕着。我一声不出，面床坐着，怕父亲有所嘱咐。坐了一会，仍然只有母亲的歌唱，我以为父亲睡着了，便也跟着母亲踱来踱去，不时从后侧伸手摸抚健儿的脸，并且要求母亲："不要把健儿弄睡了，二爷要同他开玩笑。""行装备好没有？洋钱要放在稳妥地方……"父亲突然的开始讲话！父亲的声音，与上午大不相同，好像被风伤了似的，亏他还有勇气说什么"男儿志在四方"哩！

由家动身，首先要经过的地方是孔垅，距家计五十里旱程。这天送我来的是一个同我年纪相仿名叫焱的车夫，他的名字，恰巧也同我的乳名一样，我喊他的时候，他总有点不过意似的。焱本是种田人，因为弟兄多，冬春间田里又没有繁重的工作，他的父亲为他特备

169

一辆车，每逢年节前后，迎送行客。我家便是他的老主顾。我们沿途很不寂寞，他问我北京宣统皇帝，我问他弟兄们都有没有媳妇。谈起话来，我几乎忘记了我是刚由家里出来的；话兴断了，我的心又似乎缺欠了什么，同没有装满的袋子摔在地下丝毫不觉着干脆一样。

到孔垅，住在一个相识的饭店里。吃过饭，焱便到别的地方去了。我知道我现在离家一天远比一天，却不想到几时再归来的事，只盼望焱即刻回到店来。我问店主他为什么出去，店主说大约是找转头生意去了。我于是盼望他立刻找着生意，免得空车回去。店里还有一个车夫，也是同日由同地来的；我很惊慌他找着了生意焱没有找着哩！

由小池口坐船过江，同船有七人，他们是一个家庭：内中年约四十岁的男子是家主，另外是他的妻，他的母亲，同他的小孩——一男两女；还有一位老翁，小孩称他"家公"。船舱里满载着破旧的家具，主人告诉我："前几年一个人在九江开店，现在家眷也搬去。"那主妇面貌很丑恶，青布棉袍，外套一件蓝洋布挂，胸部解开，给那最小的——男孩哺乳，这孩子没有戴帽子头上长了好些疮疤，时常把他的小手抓住他母亲的嘴唇，母亲也就装着咬他的势子把手含着，一面又答应那老翁的话："什么，爹？"那较大的女孩，坐在她母亲侧边，一丝不动的现出很纯和的样子，那男孩把乳吃完了，面向着她，用手抓住她的头毛，她顺手打他一下，他便哭起来了，母亲没有法子止住他哭，那祖母假装打那大的女孩，把孙儿接在怀里，拍着使他睡。那主人很专心的同那老翁谈到岸怎样搬上家具的话，不理会孩子们的吵闹，只有那较小的女孩伏在他背上，现出父亲很是疼痛她的样子。我看了这情境，心里很舒服；船到江中间的时候，打一声喷嚏，痴想："我的家人在那里计算我的路程罢？"

早八点钟到九江，轮船要等待下午十点钟。饭店里住着，很感孤独，想起那车夫焱同那渡船上的家庭，觉得这是不再容易得着的幸福了。一个人沿着江岸散步，望见将要开到对岸去的船只，便凭着江岸铁栏睄着上船的搭客——尤其是女搭客。最后走到前面"玩洋片"的游戏的人群中，我的寂寞无所依归的心又得着伴侣了。这游戏逢着年节最盛行，因为这时候差不多每个人身边少不了带铜子，花一枚两枚，大家都不大爱惜，只不过大人们监督孩子不要看那所谓"淫片"的罢了。现在正是那没有"淫片"的，看的人非常拥挤，最多的还要算妇女同小孩，我所忘记不了的，是那两个"洋片"主人中的一个。他的年纪大约不过十六岁，那天真烂熳的笑容，同那北方的刚强小孩的清锐的唱声，实在有说不出的可爱。他的用铁链系着的小狗，也伏在他身旁，看客稀少的时候，他便双手把狗抱着。我也花两枚铜子看了一遍，片子有几张也颇好，然而我的本意不在此。站在他对面唱的，大约是他的父亲，休息的时候，他们俩就在那里吃饭，一碟鱼放在架子上做菜，剩下的鱼头同尾巴，他摔给他的狗。

这天由九江上轮船的客很多，我因为来迟了一点，买的又是统舱票，找了几遍简直找不出一个铺位。后来有一个茶房说，铺位有一个，要先把酒钱讲定！我不禁又记车夫焱来了。我的父亲在家里同他约好，工钱回家把，饭店里由我任意给他几个零用。我给他的时候，问他够不够用，他笑着说："多着哩！"——并不是谦套。"我的故乡的车夫呵！"我在舱里无聊赖的想。当晚那茶房同由蕲春下船的客人争酒钱，我又小孩子盼望糖果似的默祝那客人多花几个哩！

统舱里的铺位，一层高比一层，妇女坐舱，一定要坐在最低层。我的铺位底下，便睡着两夫妇。他们的行李很，表明是从远方来的行人。据男子的话，山东人，由上海搭船，到武昌找朋友谋差事。这男子的年纪，至少要比女子大三十岁，十个指头都带烟黄色。女的面孔，到第二天清早起来同男的一路到舱外去的时候，我才看清白；以前同回到舱来以后，她倒在那阳光射不进的角里，除掉男子叫她让他进去的时候应允一声外，我没有听见他讲话。我的心阴郁起来了，以为天下最大的罪恶是，长满了胡须的男子同青年女子的接吻了。

同船还有一个女子也使我忘记不了。这女子并不在我们那一舱里，却时常由我们面前走来走去。她的服装很不讲究，久住都会的样子却看得出，听她的话音，大约是下江人。当她走过我们面前的时候，三四个茶房都拍掌大笑，我不大懂他们的话，好像是说："自己不照照镜子！"久坐舱内，心里很不畅快，出去倚着栏杆，远眺青山，低头看流水。听见茶房们笑闹，又走进舱来，原来他们在那里扯那女子！那女子恰巧站在舱门口，脸上有几颗麻子！汉口下船的时候，我站在趸船上喊挑夫，望见由楼梯下来了一个穿着很时髦衣服的姑娘，走近我面前，原来就是在船上被茶房嘈弄的那一位！我的心比时又阴郁起来了。

由汉口上火车的时候，遇着一位从前在武昌也很会过几面的朋友，他也是往北京去的。这位朋友，往常虽然没有同他多交谈，我却不大欢喜，而且有点嫌恶他的为人，现在为旅路方便起见，也很乐意同他坐在一块。我没有预备车上吃的杂粮，饿了的时候，约他一路到饭车去买饭，他微笑着说："你去，我不饿。"我于是一个人去；从我们的座位走到车尾，只瞧见了厨房，没有找着饭车，厨役说："饭车没有挂，要吃饭，请归座位。"我于是又回转头来；将进我们坐着的那辆车的时候，望见我的同伴背着我进来的方向一个人坐在那里吃蛋糕——似乎是由汉口带来的。我恐怕惊动了他，退到铁栏旁边站候一会。后来他同我谈他近年家况，娶妻了，生孩子了，以及妻怎样能干，孩子怎样可爱的话！我顿时被一瓢冷水惊着似的，毛发耸然！忏悔吗？又好像新从黑暗里挣扎出来；满足吗？却又实在在那里忏悔！

　　老实说，从这回以后，我才了解了"爱"的意义，我的心在世界上也有了安放的位置了。

　　　　　　　一九二三，三，二四，作于北大西斋。

花　炮

近来没有整时间容我执笔，久已着手的一部东西，终于不能成器。清闲的心，不时却依然保住，结果便留下这一点点。中秋夜北海观花炮，倒也红绿得可爱，这算是我的花炮而已。十月十七日。

一　放牛的孩子

我要把我的牛拴住，去寻我的梅姐。我亲眼看见她出来哩，并不邀我一声！——难道我有什么得罪了你不成？只是昨天，昨天我两人斗草，我给她输了，我说，梅姐，我不输，我的这一对奶怎会一天一天的长高了呢？他是把草汁儿来变的。但是，今天早晨她不还给我两颗荸荠吗，说是她爸爸在街上买回的？决不是为了这个。啊，是的，那边山上满山的映山红，梅姐一定是折花去了，我且去看看。

喂，你这牲口，这里的草多么青，你就在这里吃罢。

梅姐，你一个人玩得起劲吗？我离了你是不行的！你看，这泉水是多么清凉，这石头是多么洁净，竹子就长在石头缝里。这里洗脚是多么好呵，就坐在这棕榈树的脚下，他好像一把扇子，替我们遮住太阳。我真喜欢，我们的山上有许多棕榈树！那边又望得见我的牛哩。梅姐，你真是——你一个人跑到那里去了呢？

喂，那山腰里——是的，正是梅姐的牛！梅姐的牛也是多么好看呵，黑地带花。我且慢慢的走，去吓她一下，——不，那不是玩的，吓她她会对你哭起来的。

这牲口只晓得吃，你听，他吃得多么响！我且伏在这里探望一探望，——好红的花呵，红得对太阳眨眼哩！——不，是对太阳笑。——梅姐在那石桥底下哩！梅姐，你为什么跑到这山凹里来呢？我且不嚷，下去看她做什么。哈哈，好像一只鹭鸶，梅姐，你洗澡吗？——你为什么不答应我呢？——好好的撇那棕榈树做什么呢？哈哈，她坐下了，她躺在青草上了，把棕榈树的叶子蒙住了脸。

我并不是来羞你的,我只问你为什么瞒着我一个人来?这许多的映山红都是你折下来的吗?这里是你的衣裳,我递给你穿着罢。你的牛会偷偷的跑了哩!起来罢,不要老是蒙着,我替你揭开,——你看你看,她把眼闭着迷迷的笑哩!

二 幽会

少年　喂,到了,——深夜里谁也不会到庙门口来。

少女　月亮照得粉墙——你看,那三个字:"观音庵",叫人打冷噤!

少年　大慈大悲的观世音是保佑你的,我的宝贝!——你在想什么呢?

少女　我想起那老尼姑,她在妈妈面前总是夸奖我好。

少年　三岁的毛头儿也夸奖你好哩。

少女　正月我到庵里来过,但那是太阳高高的在上。

少年　月亮照着多么孤单呵,仿佛一座坟!

少女　虾蟆叫得好热闹,你听!

少年　他叫我们不要空谈!——这样是糟塌时光。

少女　你倒会搭题。

少年　可怜的我的宝贝，雨打了的八哥儿这样缩瑟着。

少女　我呵——走进了无底的深渊，我的妈妈不能牵我回去。

少年　不要只让我闻你的头发。

少女　妈妈不曾解我的衣带，我自己只对镜子照过我的脸庞。

少年　我的宝贝，你是我的！——你笑什么呢？这一笑，好比一阵风，——我是一粒微尘，吹得没有了。

少女　我笑你是高高的一个骗子手。

少年　你才会骗哩！你夺去了我的妈妈，有如那新生的姊妹，——他使得你忘记妈妈的奶。

少女　我把你这嘴——

少年　你的眼睛里是什么？我的宝贝，这样要把我砸碎了。

少女　我愿我的泪能照见你的心。

少年　我的心同你的泪一般明。

少女　我的鞋给草湿透了。

少年　但是他不走露你一点声响。

少女　月亮呵，你也留不住我们的影子。

三　诗人

"'色静深松里'——"

一下下脚步的清响仿佛随着露水浸到地底里去了,有这声悠扬的歌咏。

这声音——女人。

不是声音,不会相信这时节,这所在能有人到,正如人们所说,这里是藏那不知年代的古坟,——他不分晴雨昼夜,老是那么高耸。

不进到这林里,将真当他是黑团团的一球哩。

万松攒植,一片青空装点了如许云块,地下则月光渲染,不定着阴阴明明,长伸在阴明之中,蛇一般的白带,是乱石子铺成的通径,——忽然的斩断了,不,纵眼望,上入——

"好高的台阶呵!"

树影掩盖人影,人动树影又上到人身;松松之间,牵牛花纠缠殖长,怆白面三三两两叶片;落叶惊住了慢步,——已经是站在高台。

台的两角,各有一棵梧桐,叶子是很稀疏的了。当中一对石狮子,狰狞相顾。再进,砖瓦残堆,直接到——松林!

分明是安排定这时节,这所在,来衬托这颗心儿,——有点凛然了,圆瞋双眼,回身。

"前——后——这方地,让我观月,——那里石凳!"

右边梧桐过去,——是一座日圭!

一线针影,影射的却非当时。

"唉——"

这可真动心了,——故宫荒塚,空留他计时日。

石缝里夹住一纸团!

"这——"

解开袖手,取出,展送眼前——

"我呵,我是一个诗人——"

两泪盈眶,——落到纸上。

"我望见了我的坟墓,他上面,是青草,我的诗稿在其中。"

"我留下的是女郎的名字?但是我,她们不认识——"

他看,薄薄一张纸会湿透了!——从这晚起,他压在一幅美丽的枕头。

四 妓馆

妓女　现在是时候了，大家关门睡觉的时候了。

少年　你不知道我心头是怎样的跳，怎样的欢喜！请你相信我，这样是我新辟的天地，在我的怀抱里坐着你——一个女人。我时常这样想，倘若同女人——就是睄一睄奶子也是多么好呵。

妓女　你的话句句我都相信，朋友！但是我老不许你在这里住夜，也请你相信，我实在是爱你。

少年　再不要提那一层，——现在你便赶我也是赶不出去的了。哈哈，睡罢？

妓女　我替你解衣！

少年　你真笑得好，我就爱你这一笑！你解罢。

妓女　呸，我还有事哩。

少年　有事？明天我替你做。

妓女　我的事你做不了。——这里有镜子，你睄一睄罢，看你长得是多么好看！今夜倒让我来做嫖客哩。

少年　我不放你走！

妓女　那么我们两人一路去？

少年　去做什么？

竹林的故事

妓女　你猜！

少年　我猜不着。

妓女　你这傻子！去解小溲，——你且躺一躺罢，回头来睡一个痛快。

少年　唉，你的那声音真好听，他有那样的魔力，叫我一想起来眼睛也就闭着了。喂，今天再劳一劳驾罢，就是什么对小妹细说——

妓女　劳你的驾哩，要你记着。

少年　拿过开，你这脏老婆子的手！——嗳哟，多么冰冷呵。

妓女　让我亲一个嘴。

少年　你看，你这眼睛，会把我吞掉了！

妓女　咱们就这样谈到天明，好不好呢？

少年　不要胡缠，好好的给我解衣！

妓女　我要为你铺一床新被，因为你是一个新郎。

少年　哈哈，我不是住在人间！你看，你这白白的小衣，叫我想起天河的飘洒——你为什么不则一声？你说你爱——

妓女　是的，我爱你，——你听，那边为什么吵架？

少年　我听不见！

妓女　是的，我为你我要忘记一切，——这样一个美男子，想死了人家多少女孩儿！让我好好的抱住。

少年　我给一种神秘古怪的东西罩着了，欢喜也不由我自主，而你——

妓女　我什么？

少年　你是观音菩萨，莲花座上，从容不过，——什么也不觉得似的！

妓女　没有的话，——你看，我一点瞌睡也没有，分外的清醒。

少年　你这真是文不对题，——不谈这个罢。

妓女　你又要怎么？

少年　你——你哭什么呢？你看你看！！

妓女　对不起，我欺负了你，我是一个不健康的妓女，我不敢损坏你的童贞，——你不要哭，你给我的很多，我足够度过我堕落的生涯，只要记起——是的，你听从我的话，不伤我的心。

这样，这少年渐渐的睡着了，紧靠在——我怎样的称呼她呢？她是分外的清醒，不时从他的颊上，揩去自己的眼泪。

胡　子

　　前门下电车的人很多，王胡子是一个，谁知道他就是王胡子呢？人丛中挤下一个胡子来罢了。

　　王胡子脚刚落地，望一望东车站——

　　十二点半差一刻。

　　其实他早已算定了的，十二点半不是差一刻，就过一刻，走到集凤院一点不到。

　　午后上衙门的时候，几个老同事，也都是胡子，湾着腰凑近他的胡子说：

　　"哈哈哈，礼拜一！"

　　"我可不像你们这般礼拜六！"

　　"你是实用主义，每去必——"

　　"哈哈哈，一定是去的，今天把胡子也刮了！"

　　这倒是偶合，王胡子剃头平常总是礼拜一，而且在清早，一人占据了理发店。

"哈，刮胡子，这个兆头不好，老王，说正经话，今天怕要早一点去，靠得住些。"

"八点钟去，写了帐再到东升平洗一个澡！"

王胡子进集凤院，是一点差十分，宝宝正站在帘子里瞧一瞧她的手表。

宝宝立刻钻到帘子外了——

"打帘子！"

立刻又是——

"拿瓜子！"

王胡子站在帘子里了，首先却是看见自己。宝宝的橱柜嵌了四尺多长的一个大镜子。

"我把你这胡子——昨天干吗不来？"

一面说，一面仰着腰抱住王胡子的大腿，几乎蹲下去了。王胡子站不住脚，往后退——

"把嘴笑得这么大，可不是要吃我的——"

宝宝就顺着脑壳朝前一顶。

"喂喂，喂喂，不要惹动了家伙！"

王胡子已经退到床跟前，顺着屁股坐下去，剥瓜子。宝宝端端正正的坐在他的大腿上。

"按电铃！"胡子微笑着，两手捱着宝宝的裤腰擦

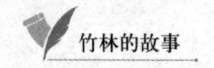

上去。

"我们这里没有电铃,有电灯。"

王胡子的脑壳有点癞。宝宝身子弓着,脑壳贴在胡子的下巴之下。胡子的胡子可不及宝宝的头发黑。

"宝宝!我的宝宝!不要捣乱!"

"好好,我让你摸。"

"你们这般乐子!这么热的天也要绑这么一个背褡!"

绑得虽然并不怎样凸起,倒底是女人的奶。

"这才叫做隔靴抓痒!"

"劳驾,我不痒,——哈哈哈。"

胡子嘴一歪。

宝宝是一种骑马的姿势,很可怜王胡子似的,依着那"八字"捋了又捋,而且翘嘴——

"Kiss,Kiss。"

"我不晓得什么该死,该死!"

宝宝跳下来,打一个呵欠,——钻到帘子外去了。

一点多钟还有人来逛乐子!王胡子这才真有点可怜,顺着身子躺下去,仿佛是钉眼看那天花板,天花板上老鼠碰来碰去。但他是听外面点名。

胡　子

集凤院立刻也当得寂然二字。宝宝又坐在王胡子的大腿了,这回是歪身着。

"几点钟?"胡子很镇静的问。

宝宝伸出手来叫他自己看。宝宝的袖子那么短,那么大,又是一件单褂,白的膀子一直可以看到腋窝里一簇黑——

"哈哈,这是什么东西?"

宝宝的袖子里也有胡子的手。

"嗳哟!——我把你这胡子!"

"嗳呀,一点三刻了,我要回——"

"瞎说!住乐子!"

"住乐子?你没有留客?"

"我晓得你来,所以不留。"

"留我我就住。可是我有一个条件,昨天晚上打八圈,没有睡觉,瞌睡来了,马上就要睡。"

"好,你写帐。"

王胡子就是喜欢这么热的天"住乐子"。他的头发照例是"推光",所以在宝宝的漂白枕头上,他有的只是胡子。他奇怪,自己是这么瘦,而且太长了,——那么一对大脚指!他有的只是胡子,他觉得了,脑壳动一

187

动罢,胡子跟着动。但他把脱去了丢在那头的裤子拉过来,——盖住"家伙"。

宝宝偏了一偏,以为他是怕凉了肚子。她还没有躺下去,坐着,抓脚指,裤带子胡子以为她不防替她解了。宝宝也许忘记了胡子在她的身边,若裤带子则知道是松了的。

"宝宝,你好肥的屁股。"

"好肥,你舔!"

舔屁股自然是"捣乱",如果宝宝从脚指窝里拿出手来叫他嗅,——可惜他眼巴巴的而不屑于说了。

"喂,你说你今年十几呢?"

"你同你的太太草了几年,我就用几年打对折。"

"我把你这滥货!"

胡子是鼻音,——宝宝就在这当儿躺下去了,胡子钻头吃奶。

"我的宝宝!"

依然是鼻音。

宝宝是高枕而卧,抽烟卷。

"宝宝,宝宝……"

胡子的声音很娇媚。

"你说你瞌睡来了!"

胡子的一只手已经伸在——

"哈哈,白板!"

"白板你摸,——数一数你的胡子有多少?"

一九二七,二,二六。